KB210982

조수석에 앉은 여자

조수석에 앉은 여자

김구도영
단편 시나리오집

좋은땅

작가의 말

스쳐 지나가듯 찍은 사진은 시가 되었고,
시는 쭈욱 늘어나 어느덧 시나리오가 되었습니다.
시나리오는 앞으로 무엇이 될까요.

뭐 어때, 그저 재밌기를.

2023년 8월
김구도영

차 례

용어 정리

S#(Scene Number)	장면 번호
C.U(Close Up)	어떤 인물이나 대상을 확대하여 강조해서 보여 주는 것
Cut to	장면 전환의 기법으로, 같은 장소에서 시간 경과를 나타내는 데 사용
V.O(Voice Over)	소리는 들리지만 인물은 보이지 않는 경우. 또는 등장인물의 속마음
F(Filter)	필터를 거쳐 나오는 소리. 통화하는 장면에서 상대방의 목소리 등
INS(Insert)	장면 사이에 삽입된 화면
F.I(Fade In)	화면이 점차 밝아지는 것
F.O(Fade Out)	화면이 점차 어두워지는 것
Montage	따로따로 촬영한 장면을 붙여서 하나의 긴밀한 장면을 만드는 것

1부

피노키오들

❖ 로그라인

뒤틀린 세상에서 탈출을 꿈꾸는 한 아이의 이야기

❖ 주요 등장인물

· 가비假鼻(만 13세, 여)

피노키오처럼 코가 길어지는 아이. 자신과 똑같은 아이들이 모여 있는 보육원에서 생활하고 있다.

· 제페토(20대, 여)

보육원의 문지기이며, 시각장애인이다. 미스터리한 인물.

❖ 주요 설정

이 세계에는 코가 길어지는 아이들을 육성하는 보육원이 존재한다. 아이들의 코가 무엇을 기준으로 늘어나는지, 정확한 규칙은 누구도 알 수 없지만 보육원은 그 원인을 '거짓말'로 삼으며 죄악시한다.

늘어난 코는 뼈가 없어서, 잘라내기 비교적 간단하다.

❖ 시나리오

S#1 보건실(새벽) / 흑백

흑백 영화처럼, 모든 것이 무채색이다.

수술대에 누워 멍하니 천장을 바라보는 가비.
얼굴 C.U. 하관은 프레임에 들어오지 않는다.

간이 의자에 앉은 **보건교사(30대, 여)**의 뒷모습.
누워 있는 가비의 얼굴 쪽으로 상체를 기울인다.
팔의 움직임에 따라 가위 날이 서로 부딪히는 소리, 실을 주욱 잡아
당기는 소리가 들린다.

보건교사　　(속삭이듯이) 됐다…….

핀셋을 내려놓고 라텍스 장갑을 벗는 보건교사.

보건교사　　턱이 굉장히 뻐근할 거야. 아직 말은 하면 안 돼. 힘들겠
　　　　　　　지만 그래야 회복이 빠르니까. 오늘은 되도록 샤워하지

말고……. 아, 그리고 가비는 이제 청소년반으로 배정될

거야. 어때, 재밌겠지?

반응 없는 가비. 영혼이 빠져나간 듯한 눈빛.

보건교사, 보글보글 끓는 냄비에 핀셋과 가위를 넣는다.

보건교사   근데 거짓말은 하면 안 돼. 꼴등에게 무슨 일이 일어나는

지 너도 잘 알고 있을 거야.

손거울을 건네는 보건교사.

가비, 거울에 비친 얼굴을 가만히 들여다본다.

보건교사   생일 축하해.

거울을 내려놓자 보이는 가비의 하관.

입술 주위에 상처가 두드러지게 보인다.

화면 암전되며, 타이틀.

피노키오들

S#2 교실(오전) / 흑백

교실 한가운데, 의자 두 개가 마주 보고 놓여 있다.

한 의자에 따분한 표정으로 앉아 있는 가비.
볼을 빵빵하게 부풀었다가 푸우— 하고 공기 내뱉는다.
입가의 흉터가 제법 옅어진 상태.

맞은편에는 **담임교사(40대, 여)**가 앉아 있다.
무릎 위에 바인더를 펼쳐 두고 페이지 넘기는 중.

속닥거리는 소리에 가비가 옆으로 시선을 옮기면.
부부로 추측되는 **남자(30대, 남)**와 **여자(30대, 여)**가 칠판 앞에 나란히 서 있다.
남자, 옆에 있는 여자의 귓가에 입술을 바짝 들이대고 귓속말한다.

곧이어 재채기가 나오려는지 콧구멍을 벌렁대며 얼굴 찡그리는 남자. 나올 듯 말 듯 에…… 에…… 뜸 들이더니 한차례 요란스럽게 재채기를 터트린다.

가비, 그 모습에 피식 비웃는다.

그러자 눈을 치켜뜨는 담임교사. 평가서에 만년필로 '태도 불량'이라고 휘갈겨 쓴 뒤 온점을 공격적으로 찍는다. 허리 꼿꼿이 펴고는, 가식적인 미소 보이며.

담임교사 담배 피우니?

가비 안 피워요.

담임교사 마약에 손댄 적은?

가비 관심 없어요.

담임교사 (종이에 체크하며) 교우 관계는, 어때?

가비 뭐, 나쁘지 않아요.

담임교사 그럼 가비는 도시로 떠날 자격이 있다고 생각하니?

가비 ……글쎄요.

고개 들어 가비를 노려보는 담임교사.
여자, 옆에서 가만히 듣다가 짜증 섞인 목소리로.

여자 그만하죠. 시간 낭비인 것 같은데.

담임교사 (난처한) 죄송해요. 얘가 원래 이런 애가 아닌데…….

지겹다는 듯 눈 굴리는 가비.

담임교사   가비, 마지막으로 하나만 물어볼게.

담임교사, 만년필을 내려놓는다.

담임교사   네 꿈은 뭐니?
가비   ……없어요, 그런 거.

가비의 옆모습을 비추는 카메라.
피노키오처럼 코가 조금씩 길어진다.

S#3 복도(오전) / 흑백

복도에 줄지어 서 있는 청소년반 아이들.
모두 흰색 셔츠에 단색 원피스 차림이다.

담임교사, 줄자로 아이들의 코 길이를 하나씩 잰 다음 기록지를 작성한다.

차례를 기다리는 가비. 두 눈을 가운데로 모아 검지 길이 정도로 늘어난 코를 관찰한다.

담임교사, 또각또각 가비 앞으로 걸어온다.

불만스러운 표정으로 한숨 내쉬고는 가비의 코 길이만큼 줄자를 잡아당긴다. 눈금을 확인하고 손을 떼자, 줄자가 단숨에 빨려 들어가며 탁 소리를 낸다.

담임교사　　(기록지를 보며) 스트롬볼리, 존, 기디온. 순서대로 서 보렴.

남자와 여자 앞에 일렬로 서는 **스트롬볼리(10대, 여)**, **존(10대, 여)**, 그리고 **기디온(10대, 여)**. 셋 모두 다른 아이들보다 확연히 코가 짧다.

여자, 쪼그려 앉아 맨 앞에 있는 스트롬볼리와 눈을 맞춘다. 스트롬볼리의 코를 버튼 누르듯 꾹 만지더니, 이내 손을 내민다.

머뭇대다가 여자의 손을 조심스레 잡는 스트롬볼리.

S#4 급식실(낮) / 흑백

식판을 들고 일렬로 서 있는 청소년반 아이들.

뒷줄로 향할수록 아이들의 코가 길다.

가비 한 칸 건너 앞에 있는 **오사(만 17세, 여)**.

주변을 살피다가 뒤돌아 고개 내민다.

오사   (작은 목소리로) 야. 아니, 너 말고. 가비.

담임교사가 다가오자 오사는 다시 차렷 자세를 한다.

담임교사   오늘도 순서 잘 지키도록. 부리 짧은 새가 벌레를 잡는 건
          당연한 거야. (뒷줄을 보며) 그 펠리컨 같은 부리들로 음식
          이 넘어가긴 하겠니.

입술을 한껏 오므리며 눈치 보는 오사. 담임교사가 멀어질 때까지
가만히 있다가, 뒤로 팔을 길게 뻗어 가비의 손등을 두드린다.
가비, 소리 내지 않고 입 모양으로만 왜, 하고 바라보면.
오사는 맨 뒤에 있는 **코끼리 코 아이(10대, 여)**를 가리킨다. 그러고
는 팬터마임을 하듯 팔을 휘적인다.

화면 하단의 자막이 오사의 몸짓을 해석한다.

오사   (자막) 야, 쟤 좀 봐. 장난 아니지. 코가 무슨 코끼리 코만
          큼 엄청나게, 무지막지하게 길어졌어. 발 밟으면 뿌우, 소
          리 낼 것 같은데.

몸을 마구 흔들며 실감나게 표현하는 오사.

가비, 코끼리 코 아이를 쳐다본다. 길어지다 못해 바닥에 닿을 지경
으로 흐물거리는 코가 무거운지 고개를 숙이고 있는 코끼리 코 아이.

오사   (자막) 근데 어떡하니, 이제 말도 못 하게 생겼네.

오사, 입을 지퍼로 잠그는 시늉을 한다.

못 말린다는 듯 고개 흔든 뒤 시선을 거두는 가비.

가비, 차례가 되자 **조리사(50대, 여)** 앞으로 식판을 올린다. 조리사
는 쌀죽을 한 국자 떠서 식판에 대충 부어 준다.

옆을 슬쩍 보는 가비.

먹음직스러워 보이는 음식들이 뷔페처럼 가득하다. 식판에 음식을
마음껏 담는 존과 기디온.

가비, 조리사를 슬쩍 쳐다보곤 군말 없이 화면 밖으로.

S#5 복도(오후) / 흑백

창가에 서 있는 가비.

콧등에 반창고가 붙여져 있다. 본래의 형태로 돌아온 코.

가비, 창문 너머로 내리는 눈을 구경하다가.
S#2에 등장했던 남자, 여자가 스트롬볼리와 함께 걸어가는 모습을 발견한다.
코트를 벗어 벌벌 떠는 스트롬볼리의 어깨에 걸쳐 주는 여자.
셋은 서둘러 리무진에 타더니, 정문을 통과하여 시야 밖으로 사라진다.

복잡한 표정의 가비.
잠시 후, 오사가 폴짝 뛰어오며 등장. 역시 코에 반창고가.

오사　　어땠어? 이번에도 별로 안 아팠지?
가비　　여드름 짜는 느낌이었어. 좀, 큰 여드름. 퀸사이즈.

오사, 웃으며 가비 팔에 찰싹 붙는다. 가비의 원피스 주머니에 담배 한 갑과 라이터를 슬며시 넣더니, 검지를 입술에 대며 비밀로 하자는 신호 보낸다.
고개 끄덕이며 옅은 미소를 보이는 가비.

오사, 창가에 기대어 밖을 보다가 제페토를 가리킨다.

와이셔츠에 스웨이드 가죽조끼 차림의 제페토가 눈을 맞으며 장작을 패고 있다.

오사   저 언니 보여?

가비   응, 근데?

오사   여기 출신이야. 항상 1등 하는 우등생이었대. 근데 도시로 왜 못 떠났는지 알아?

오사에게 모르겠다는 눈빛을 보내는 가비.

오사   눈이 안 보인다는 이유로 데려가는 부부가 없었대. 너무 하지 않아? 원래 성인까지 선택 못 받으면 쫓겨나는데, 원장이 여기서 특별히 일하게 해 준 거지. (사이) 하, 도시는 얼마나 멋있는 곳일까? 엄청 재밌는 인형극도 볼 수 있다는데. 어서 떠나고 싶어. 너도 그렇지?

가비, 대답 없이 제페토를 주시한다.

장작을 정확히 반으로 토막 내는 제페토.
도끼로 장작을 연이어 내려찍는다.

오사   (제페토를 보며) 근데 저 회색 와이셔츠는 유니폼인가, 맨날 저 옷만 입네.

가비   무슨 소리야, 하늘색이겠지.

관객은 모든 것이 흑백으로 보이기에 제페토의 와이셔츠 색깔을 알 수 없다.

오사   (황당한) 장난치지 마. 눈 씻고 봐도 회색으로 보이거든.

호루라기 소리가 밖에서 들려온다.

오사   야, 가자.

S#6 보육원 밖(오후) / 흑백

해 질 무렵.
담임교사, 보건교사, 제페토가 모닥불 앞에 서 있다.
삼삼오오 모여 모닥불에 빙 둘러앉는 청소년반 아이들은 하나같이 콧등에 반창고를 붙인 모습이다.

오사와 가비, 서둘러 빈자리에 같이 앉는다.

담임교사   다들 시험 보느라 고생했어. 특히 존, 기디온. 기회는 다
음에도 있으니 너무 주눅 들지 말도록 해.

오사의 팔을 툭 치는 가비.

가비   (낮은 목소리로) 언니도 주눅 들지 마.

그 말에 부끄러운지 싱긋 웃는 오사.

담임교사, 양동이 하나를 보건교사에게 넘겨받는다.
그 안에 손을 넣더니, 무언가를 한 움큼 꺼내는데.
잘라 낸 아이들의 코다.
핏물이 담임교사의 손목을 타고 흐르고.
모닥불 속으로 코들을 던지면, 불길이 확 솟아오른다.

담임교사   사감(四感)을 배반하는 자는 육신이 타락할 것이니라. 가
장 더럽혀진 아이에게 가혹한 처벌을 내릴 테니…….

코끼리 코 아이를 비추는 카메라. 잔뜩 위축되어 있다.

담임교사, 잘린 코들을 계속해서 던진다.

담임교사   아이들의 죄악을 깨끗하게 씻겨 주시고 용서하여 주시옵
소서.

가비, 맞은편에 서 있는 제페토를 바라본다.
서리가 내린 듯 하얀 제페토의 눈동자는 마치 가비를 향하고 있는
것만 같다.

S#7 침실(저녁) / 흑백

서 있을 공간도 없이 따닥따닥 붙어 있는 침대들.
아이들 모두 곤히 잠든 모습이다.

가비, 침대에 누운 채 멍하니 눈을 끔벅이다가 곧 몸을 일으킨다. 홀
로 넓은 침대 위에 대(大) 자로 뻗어 있는 존이 눈에 들어온다.

가비   퀸사이즈…….

짜증 섞인 신음과 함께 다시 눕는 가비.

잠을 청해 보지만, 결국 이불 젖히고 일어난다.

S#8 복도(저녁) / 흑백

가비, 걸어가다가 멈춰 서서 호주머니를 뒤적인다.
담배를 입에 물고 라이터 꺼내는 그때.
누군가의 비명 소리가 어디선가 들려온다. 가깝진 않지만 그리 멀지
도 않은 곳에서.

가비, 경직된 자세로 사방을 경계한다. 떨리는 숨소리.
끝이 보이지 않는 어둑한 복도에 안개가 자욱하다. 창문 틈새로 겨
울바람이 사납게 불이 대고……. 위태롭게 흔들리는 천장의 펜던트
조명을 올려다보면, 바람이 휙 몰아쳐 창문이 덜커덩댄다.
흠칫 몸을 떠는 가비.

다시금 안개 속에서 울음소리가 울려 퍼진다.
가비, 망설이다가 한 걸음씩 나아간다. 천천히.

곧 갈림길에 이르게 되는 가비.
모퉁이에서 얼굴만 살짝 내밀어 보는데, 놀라 그대로 얼어붙는다.

보건교사가 코끼리 코 아이를 뒤에서 붙잡은 채 질질 끌고 가는 광
경을 목격한 것.

아이의 입을 거즈로 힘껏 틀어막는 보건교사. 무감각한 얼굴로 아기
재우듯 쉬이잇…… 귀에 속삭인다.
코끼리 코 아이는 팔다리를 이리저리 휘두르다가 기절했는지 바닥
에 축 늘어진다.
보건교사, 아이의 양팔을 잡고 끙끙대며 보건실로 들어간다.
문이 쾅 닫힌다.

참고 있던 숨을 가쁘게 내쉬는 가비.
굳게 닫힌 보건실을 응시한다.

S#9 교실(오전) / 흑백

다음 날.

입술을 깨물며 의자에 앉아 있는 가비.
뒤돌아 비어 있는 맨 뒷자리를 초조하게 바라본다.
담임교사, 교탁 앞에 서서.

담임교사　　1교시는 시각 수업이야. 항상 말하지만, 보이는 것에만
　　　　　　집중해. 모두 잘할 거라고 믿어. 그럼, 시작하자.

담임교사, 은쟁반을 맨 앞줄에 하나씩 내려놓는다. 덮개가 씌워져
있어서 내용물은 볼 수 없다.

망설임 없이 답안지를 작성하는 앞줄 아이들.
다 작성하면, 뒤로 쟁반을 넘긴다.

어느덧 가비 차례.
덮개에 큼지막하게 붙은 경고문을 눈으로 읽는다.

토마토 파스타가 들어 있습니다
절대 열어 보지 마세요

가비, 답안지를 내려다본다.

앞에 있는 음식의 이름을 쓰시오

답을 쓰려다 연필을 내려놓는 가비.
앞으로 몸을 숙여 킁킁거린다.

가비   냄새가 안 나요.

담임교사   뭐라고?

가비   ……냄새가 나지 않아요.

오사, 다급히 팬터마임을 한다.

오사   (자막) 미쳤어?

아랑곳하지 않는 가비.

가비   토마토 파스타는 여기에 들어 있지 않아요.

담임교사, 교단에 서서 말없이 가비를 지켜본다. 무표정의 얼굴이
희미하게 일그러진다.

가비   토마토 파스타에서 토마토 냄새가 나지 않는다면, 그걸
          완전한 토마토 파스타라고 부를 수 있을까요?

가비, 시선을 책상 위에 놓인 쟁반으로 옮긴다.
덮개를 들추어 보는데.

쟁반에는 아무것도 없다.

가비의 손에서 덮개를 빼앗아 쟁반을 탁 덮는 담임교사.

담임교사　　너, 눈이 멀었구나.

가비　　　　제가 틀렸나요?

그때, 코가 길어지는 가비. 수군대는 아이들.

가비는 당황한 기색으로 코를 만진다.

가비　　　　아니, 이게…….

담임교사　　(교단으로 돌아가며) 가비의 코가 왜 길어졌을까, 얘들아? 거
　　　　　　　짓말을 했다는 거잖아. 이 쟁반에 정말 토마토 파스타가
　　　　　　　없었다면, 진실을 말한 거라면, 왜 코가 늘어난 거지? 정
　　　　　　　답 아는 사람?

앞쪽에 앉은 존이 손을 번쩍 든다.

존　　　　　덮개가 씌워져 있을 땐 토마토 파스타가 존재했다가, 덮
　　　　　　　개를 여는 순간 토마토 파스타가 사라졌다고 생각합니다.

기디온　　　(동의한다는 듯 고개 끄덕이며) 음! 음!

자리에서 벌떡 일어나는 가비.

가비　　만약 사실이 아니더라도 제가 그것을 정말 굳게 믿는다
　　　　　면, 그렇다면 제 대답은 진실이지 않나요?

담임교사　뭐?

가비　　아무것도 없을 거라고 믿으면서도 토마토 파스타를 답으
　　　　　로 고르면, 그거야말로 거짓말이잖아요.

담임교사　너 어디서…….

코가 점점 길어지는 가비.

그때, 코끼리 코 아이가 교실 문을 벌컥 열고 들어온다.
코끼리 코 아이의 입이 실로 꿰매져 있는 모습에 가비는 말을 잇지
못한다.

멍한 얼굴로 빈자리에 앉는 코끼리 코 아이.
쟁반 보더니 답안지를 바로 작성한다.
담임교사, 답을 확인하고 고개 끄덕인다.

담임교사　잘했어. (모두에게) 답은 토마토 파스타다.

길어지지 않는 코끼리 코 아이의 코.

S#10 급식실(낮) / 흑백

맨 뒤에서 순서를 기다리는 가비. 앞에 있는 아이의 뒤통수에 닿을 락 말락 길어진 코.

가비, 멀리 떨어진 오사를 향해.

가비　　　언니.

돌아보지 않는 오사. 그러자 다시 한 번.

가비　　　(더 크게) 오사 언니.

오사, 마지못해 뒤돌아 소심하게 팬터마임을 한다.
자막이 오사의 몸짓을 해석한다.

오사　　　(자막) 미안해. 너랑 얘기하면 안 될 것 같아.

미안하다는 눈빛을 보내곤 다시 앞을 보는 오사.

가비, 표정이 굳는다.

S#11 보건실(오후) / 흑백

수술대 모서리에 걸터앉은 가비.

보건교사, 가비의 코에 반창고를 붙여 준다.

보글보글 냄비 끓는 소리.

보건교사   아침에 소란 피웠다며?

반응 없는 가비.

보건교사   다음번엔 네 차례가 아니었으면 좋겠는데.

여전히 대답 없다.

가비의 어깨를 잡고 눈을 마주치는 보건교사.

보건교사   너 자꾸 그러면 벌 받아.

S#12 침실(저녁) / 흑백

모두 잠에 든 저녁.

가비, 침대에 누워서 천장을 바라보고 있다.
퀸사이즈 침대에 누워 요란하게 코골이를 하는 존.
눈을 질끈 감아 보지만······.
결국 침대 밑에 있는 가방을 챙기고 침실 밖으로 나간다.

S#13 복도 → 교무실 → 복도(저녁) / 흑백

[복도]
주위를 경계하며 걸어가는 가비.
교무실에 앉아 있는 담임교사를 발견하자 몸을 낮춘다. 숨죽인 채
창문 너머로 그를 지켜본다.

[교무실]
담임교사, 교무실에 홀로 앉아 TV 보는 중.
날파리가 근처를 윙윙 날아다니며 배회한다.

담임교사가 시청하는 구식 TV가 프레임에 담긴다.

화면 속 **음모론자(60대, 남)**, 차분하게 **사회자(40대, 여)** 바라보면서.

음모론자   치즈에 대해 말해 볼까요. 음, 저는 몬터레이 잭을 가장
좋아합니다. 부드러운 맛이 일품이죠. 재밌는 사실 알려
드릴까요? 18세기 캘리포니아 몬터레이에서 생산되는 치
즈가 데이비드 잭이라는 사업가에 의해서 미국 전역에
상업화되었습니다. (멋쩍은 웃음) 그래서 치즈 이름이 몬터
레이, 잭인 거예요.

사회자   본론으로 들어가시죠.

TV 시점으로 담임교사를 비추는 카메라. 바스트 샷.

담임교사, 금세라도 화면 속으로 빨려들어 갈 듯한 눈빛이다. 씬이
진행되면서 천천히 줌 인.

음모론자가 이어서.

음모론자(V.O)   제 말은, 치즈는 숙성이 되면서 깊은 맛을 낼 수 있게
된다는 겁니다. 몸에 상당히 좋고요. 다른 음식도 마
찬가지입니다. 모든 음식은 발효가 됩니다. 단지 맛
이 있는가, 없는가, 그 차이죠.

다시 TV 화면.

음모론자   (격앙된) 음식은 썩을 수 없습니다. '썩는다'라는 말은 사라
          져야 해요. 그건 명백히 틀린 말입니다! 음식은 '발효된
          다'로 바꿔야 합니다.

담임교사, 팔을 들어 올려 프레임 밖에 있던 썩은 생선을 게걸스럽
게 씹어 먹는다. 머리 쪽을 베어 물자 생선 눈알이 툭— 튀어나온다.
우적우적 생선을 해치우는 담임교사.

[복도]
가비, 창문에서 시선 뗀다. 헛구역질을 몇 번.
허리 숙여 숨을 고른다.

S#14 보육원 밖(저녁) / 흑백

눈이 소복이 쌓인 보육원 밖.
가비, 운동장을 지나쳐 정문으로 향한다.

정문 앞에 미동 없이 서 있는 제페토.

가비, 잠시 멈춰서 고민한다. 눈이 안 보이니 괜찮겠지, 살그머니 발걸음을 떼는 그때.

제페토   떠나는 길이구나.

화들짝 놀라며 엉덩방아 찧는 가비.

가비   어, 어떻게…….

제페토   그야 빵 냄새를 맡았거든. 버터 향이 진하게 나는 걸 보면 하나만 가져온 게 아니라는 거고. 그 말은 그저 산책하러 가는 게 아니라 최소한 하루 이틀 멀리 떠나기로 다짐했다는 뜻이겠지. 설마, 나 주려고 빵 가져왔다는 핑계는 대지 않겠지?

가비   (말 없다가) 들켰네요.

Cut to

모닥불 앞에 앉은 제페토, 가비.
어색한 분위기 속 장작 타는 소리만…….

제페토   있잖아. 후각은 가장 원초적인 감각이야. 그러니까 가장 본능적이라는 거지. 속일 수 없어. 안 그래도 되는 상황에 지나치게 솔직하고. (사이) 근데, 어차피 익숙해져. 악취가 진동하는 방에 5분만 있어도 무슨 냄새가 났는지 잊어버리는 게 인간이니까.

가비   ……선생님들 거짓말하고 있는 거, 맞죠?

제페토   정확히는 너의 눈이 거짓말을 하는 거겠지. 눈은 현실을 왜곡하고 우리를 조종해. 오렌지 냄새가 나는데 생긴 건 사과라면, 우리는 그것을 사과라고 믿지 않겠어?

가비   맛보기 전에는 그러겠죠. 하지만 정말 오렌지 향이 나는 사과일 수도 있잖아요.

제페토   그건 중요하지 않아. 모든 것을 한입 베어 먹을 수는 없기 때문이지. 중요한 건, 보이는 것을 있는 그대로 믿지 않는 나는 거야.

가비   그렇더라도 코가 길어지는 건 변하지 않아요. 코가 길어지는 건 거짓말을 했다는 거고요.

제페토   거짓말이라는 건 누군가를 속인다는 의미인데……. 그럼 너 자신을 속인 걸까, 아니면 선생님들을 속인 걸까?

초점이 없는 제페토의 새하얀 눈을 바라보는 가비.

가비   어떻게 항상 1등이었죠?

제페토   도시에 절실하게 가고 싶었어. 나도 그런 로망을 가질 자
          격은 있잖아? 배불리 맛있는 음식을 먹고, 세상을 탐험하
          고, 그러고 싶었지. 그래서 코를 틀어막고 진실을 얘기하
          지 않았어.

   솟아오르는 불길이 가비의 눈동자에 비친다.

가비   이 모든 걸 끝낼 방법이 있을까요?
제페토   거짓말을 하게 만드는 근원을 없애면 돼.
가비   근원이요?
제페토   그래. 우리 코를 길어지게 하는 근원.
가비   그걸 어떻게 없애죠?
제페토   믿음만 있으면 돼. 하지만 돌아가는 길은 없어.

   망설이는 가비, 이내 결심한 듯.

가비   알려 주세요, 없애는 법.

S#15 택시(저녁) / 흑백

택시 뒷좌석에 앉은 가비, 제페토.

가비, 김이 서린 차창을 손으로 닦는다.
도시의 풍경이 신기한 듯 눈을 떼지 못한다.

가비　　도시에선 인형극도 정말 볼 수 있나요?

제페토　어떤 유랑객 부부가 큰 마차를 끌고 돌아다니면서 공연한
　　　　　다던데, 본 적은 없어. 보고 싶지도 않고.

가비　　(제페토를 보며) 왜요?

제페토　한 명이 재채기가 도무지 멈추질 않아서 공연을 제대로
　　　　　할 수 없게 됐거든. 그래서 떠돌이 아이들을 무대 뒤에 대
　　　　　신 세우게 됐는데, 문제는 계약 조건이 엉망이라는 거지.
　　　　　밤에는 도망가지 못하게 새장에 가둬 놓는다는 소문도
　　　　　돌아.

가비　　새장에 사람이 들어갈 수 있나요?

하얀 눈동자로 정면을 응시하는 제페토. 대답 없다.

가비, 차창 바라보다가.

가비	저를 왜 도와주시는 건가요?
제페토	……우린 닮은 구석이 있는 것 같거든. 휘둘리고 싶지 않다는 점에서.

S#16 폐건물 앞(저녁) / 흑백

낙후 지역의 어느 폐건물 앞에 나란히 서 있는 가비, 제페토.

간헐적으로 깜빡이는 가로등을 제페토가 발길질하자 그제야 불빛이 환하게 들어온다.

제페토	꼭 그러더라, 이거.

건물 외벽에는 전단지가 무질서하게 도배되어 있다.

이번 달부터 전무후무한 특별 공연!
코가 길어지는 기인(奇人)을 직접 만나 볼 수 있는 기회!

거짓말은 어디까지 늘어날 수 있을까?
당신의 눈으로 확인하세요!

제페토, 명함처럼 보이는 카드 한 장을 가비 앞으로 내민다.

제페토   근원을 없애고 싶으면 이 건물 안으로 들어가면 돼. 선택
          은 오롯이 너의 몫이야.

카드 INS.

원하는 부위 공짜로 없애 드립니다

—

시술 1회권

카드를 건네받은 뒤 고개 끄덕이는 가비.
반쯤 무너진 폐건물 입구를 향해 천천히 걸어간다. 아무렇게나 굴
러다니는 녹슨 철근과 파벽을 피하고 문 앞에 세워진 커다란 널빤지
치우면, 캄캄한 통로를 마주한다.
가비의 희뿌연 입김이 어둠 속에서 부유하다가 사라진다.

가비, 고개 돌리며.

가비   마지막으로요……. 그 와이셔츠, 진짜 색깔이 뭐예요?

제페토의 시선이 가비가 있는 쪽에 머문다.

제페토   나도 알 수 없어.

긴장한 표정으로 통로를 살펴보는 가비.
이내 건물 안으로 들어간다. F.O.

S#17 교실(아침) / 흑백

S#2와 같은 구도로 의자를 비추는 카메라.
그러나 이번엔 가비가 의자에 없다.

교실에 혼자 앉아 맞은편의 빈 의자를 바라보는 담임교사.
교실 밖의 아이들은 창문 사이로 고개 내밀며 빈자리를 쳐다보고 있다.

모두 쥐 죽은 듯이 조용하다.

S#18 폐건물 앞(아침 → 일몰) / 흑백 → 컬러

하늘에서 눈꽃이 내려온다.

눈꽃의 동선을 그대로 따라가면…….

가비의 부르튼 입술에 눈꽃이 내려앉는다.

코가 사라진 가비의 얼굴 C.U.

콧구멍이 있어야 할 부분에는 꿰맨 자국만.

손바닥을 펼쳐 자신의 잘린 코를 내려다보는 가비.

징그럽다는 듯이 바닥에 휙 버린다.

가비, 담배를 호주머니에서 꺼내다가 손에서 놓친다.

담배는 떨어지며 눈 속에 파묻힌다.

가비　　(짜증 섞인) 아씨…….

가비, 몸 숙여 눈을 헤집는다.

이후 일어서며 고정된 앵글 안으로 불쑥 들어오는 가비. 얼굴이 크게 담긴다. 하관은 보이지 않게.

가비, 프레임 밖에서 무언가를 라이터로 탁, 탁, 불붙인다. 흡, 하고
빨아들이더니 곧바로 인상을 찌푸리며 기침을 토해 낸다. '그것'을
서너 번 뻐끔거려 보지만, 결국 신경질적으로 '그것'을 꽉 깨물고 바
닥에 휙 던진다.

미련 없이 자리를 뜨는 가비. 화면 밖으로.
삽입곡 〈Elton John - Goodbye Yellow Brick Road〉 깔린다.

눈발이 흩날리며, 흑백 세상이 컬러로 바뀐다.
시간이 흘러 어느새 노을빛에 젖은 하늘.
인적 없는 거리에 바람이 휘이— 분다.

청소부(50대, 남), 폐건물 앞 보도에 쌓인 눈을 삽으로 파내는 중.
삽으로 눈 속을 재차 찌르자 이번에는 무언가 턱, 하고 걸린다. 손을
내저어 눈 치워 보는데…….

묻혀 있던 가비의 잘린 코가 모습을 드러낸다. 끝이 불로 태워져 있
으며 살점이 뜯긴 채 꽁꽁 얼어 버린 모습. 주위가 피로 검붉게 물들
어 있다.

화면 암전.
노래가 계속 흘러나오며 **엔딩**.

2부

이빨 요정은
비행기 못 탔나 봐

❖ 로그라인

비슷한 듯 다른 우리, 그리고 그 사이에서 느끼는 아이러니.

❖ 주요 등장인물

· 구 별(10세, 여)

한국계 미국인. 외적으로는 영락없는 한국인이다. 단발에 보라색 가방을 메고 다니는 폼이 〈도라 디 익스플로러〉의 주인공 '도라'를 연상케 한다. 한국어를 곧잘 하지만, 발음이 조금 어눌한 편. 외자 이름으로 성씨가 '구', 이름이 '별'이다.

· 지효(10세, 여)

3학년 3반 반장. 반에서 키가 가장 크다. 다소 거친 면이 있으나, 속은 무르다. 그런 사실을 감추기 위해 더욱 씩씩하게 지낸다.

❖ 시나리오

S#1 복도(오전)

복도에 혼자 서 있는 별. 긴장한 모습이 역력하다.

별, 손톱을 물어뜯으며 바닥으로 시선을 떨군다.
괜히 발로 원을 그리다가…… '3학년 3반' 문패를 응시.
학생들이 교실 안에서 떠드는 소리가 작게 들려온다.

화면 밖에서 문이 드르륵 열리면, 반 안의 소음이 선명해진다.
교사(30대, 남), 목소리만.

교사(V.O)　　들어와.

별, 양손으로 가방끈을 잡으며 프레임 밖으로 걸어간다.
창문 밖을 비추는 카메라. 너머로 하늘이 보인다.
구름 사이로 지나가는 비행기, 그리고 나타나는 알록달록한 타이틀.

이빨 요정은 비행기 못 탔나 봐

S#2 교실(오전)

교탁 옆에 어색하게 서 있는 별.
그리고 별을 뚫어져라 쳐다보는 학생들.
별, 침을 꼴깍 삼킨다.

별   (약간 어눌한) 아…… 안녕. 나는, 별이라고, 해. 만나서……
반가워.

별의 어색한 말투에 학생들의 귓속말이 오간다.

교사   자, 주목.
학생들   (일동) 주목!
교사   별이는 외국에서 살다 와서 한국말이 조금 서툴러. 한국
에 온 지 얼마 안 됐으니까 옆에서 많이 도와주고, 먼저
다가가 주고. 알겠지?

학생1(10세, 남), 손을 들며.

학생1   어느 나라에서 왔어요?
교사   미국에서 왔대.

눈이 동그래지는 학생들.

다들 손을 번쩍 들고 시끄럽게 질문한다.

학교 종소리가 울린다.

교사　　　쉬는 시간이니까 별이한테 물어봐!

교사, 귀찮다는 듯 쏜살같이 문을 열고 나간다.

어쩔 줄 몰라 하는 별.

학생들 떠드는 소리가 크게 엉키고 뒤섞인다.

S#3 교실(오전)

별을 둘러싼 학생들. 다들 부담스럽게 멀뚱히 서 있다.

리드미컬한 음악이 깔리고…….

질문하는 학생, 그리고 별의 시점을 번갈아서.

학생2(10세, 여), 학생3(10세, 남), 학생4(10세, 여), 학생5(10세, 남),

모두 호기심 가득한 표정으로.

학생2　　　영어 해 봐.

별　　　　Hello.

학생3	김치 먹어 봤어?
별	응.
학생4	왜 우리랑 똑같이 생겼어?
별	부모님은, 한국인.
학생5	너도 손가락이 11개야?

음악이 뚝 끊긴다. 카메라를 가만히 쳐다보는 별.
책상에 양손을 탁 올려놓는다.
손가락 열 개, 명백하다.

학생5	(아쉬운) 에이, 안 속네.

뒤에서 얼굴 구기고 상황을 지켜보는 지효.
박자 타듯이 바닥을 발로 툭— 툭—.

지효	야, 비켜.

학생들이 모세의 기적처럼 쫙 갈라지면.
지효가 학생들 사이를 위풍당당하게 지나간다.
의자를 빙 돌려서 털썩 앉고는 하는 말이.

지효	너. 욕할 줄 알아?
별	Fuck.
지효	뻑?
별	What the fuck, 할 때 그 fuck.
지효	뭐? 워터파크?

지효, 당황해서 주위를 둘러보는데.
다들 모르는지 고개를 가로젓는다.
코웃음 치는 지효.

지효	그게 욕이야? 미국 욕?

별이 끄덕이자 지효는 실소를 터뜨린다.

지효	워터파크가 욕이래!

지효가 웃으니 눈치 보며 어색하게 따라 웃는 학생들.
별, 정정해 주려다가…… 그냥 놔두자, 하고 포기하는 몸짓.

지효	아, 웃겨. 못 살아, 정말.
별	(진지한) 왜 못 살아?

지효	응?
별	못, 살지 마.

지효, 얼굴이 발그레 달아오른다. 잠시 넋을 놓고 있다가.

지효	그런 뜻 아니거든? (사이) 암튼! 나 그렇게 귀여운 욕은 처음 들어. 그래서 무슨 뜻인데?
별	뜻, 몰라.
지효	(팔짱을 끼고) 하긴.

지효, 흥미롭다는 듯 몸을 앞으로 기울인다.

지효	그럼…… 한국 욕은 할 줄 알아? 시빨, 이런 거?
별	Sea pearl?
지효	아니, 혀 굴리지 말고. 시팔!
별	……아, 시발? 나도 그거…… 알아. 너 발음, 때문에…… 헷갈렸어.

정색하는 지효. 순식간에 얼어붙는 분위기.

지효	(새침하게) 그 태도 마음에 좀 드네. 근데 나한테 더 배워야

겠다.

지효, 벌떡 일어나 별의 짝꿍인 학생1을 노려본다.

지효   야, 나랑 자리 바꿔.
학생1   왜?
지효   애랑 할 얘기 있어서 그래. 빨리 비켜.
학생1   맨입으로?

한숨을 푹 쉬는 지효.

지효   (짜증) 급식 1등으로 먹게 해 줄게. 됐냐?
학생1   언제까지?

지효, 어금니를 앙다물며.

지효   이번 학기까지.
학생1   나이쓰으―!

'nice'를 경쾌하게 발음하는 학생1.
주먹을 불끈 쥐며 어퍼컷을 허공에 날린다.

잽싸게 자리를 정리하는 학생1을 흘겨보는 지효.

별은 학생1의 말을 알아듣지 못한 눈치. 고개를 갸우뚱한다.

별   (조용히) 나이쓰으……?

S#4 교실(낮)

종소리와 함께 보이는 학교 외관 INS.

미술 시간.

지효, 스케치북을 책상에 탁 펼친다.

붓에 물감을 묻히고 크게 '뒤지고 싶냐?'라고 쓴다.

지효   (쓰면서) 뒤— 지— 고— 싶냐…….

별   뜻, 뭐야?

지효   죽을래?

별, 놀란 표정으로 지효를 쳐다본다.

아차 싶었는지 말을 덧붙이는 지효.

지효   ……라는 뜻이야. 조금 더 세게 말하는 거지.

별은 아하, 하고 끄덕인다.

지효   누가 괴롭히거나 짜증 나게 할 때, 이 한 마디면 게임 끝
            이야. 자, 따라 해 봐. 먼저 눈에 힘을 빡 주고……. 뒤지
            고 싶냐?

별   뒤지고…… 싶은 사람, 있어?

지효   (황당한) 그런 뜻 아니거든. 너 일부러 그러지?

웃다가 물감을 푼 물통을 건드리는 지효.
별의 옷에 검은 물이 조금 튄다.

지효   미안. 내가 휴지 줄게.

지효, 바닥에 쪼그려 앉아 가방에서 두루마리 휴지를 꺼낸다. 일어
나 별에게 건네는데, 별은 웃으며 지효의 손을 장난스럽게 밀친다.

별   (웃음 섞인) Eww, 더러워!

바닥에 떨어진 두루마리 휴지는 아무렇게나 굴러간다.

지효, 당황해서 그대로 얼어 버린다.

교사   반장, 뭐 해? 5분 남았어. 제출 안 하면 집에 못 간다.

지효, 언짢은 표정으로 자리에 앉는다.
반면 아무렇지 않게 열심히 그림을 그리는 별.

별   5분이나, 남았어.

별이 쥐고 있는 붓에 지효의 눈길이 머문다.
네임 스티커 C.U. 동글동글 귀여운 글씨체의 '김지효'.
지효, 붓을 뺏어서 스케치북에 그림을 그리기 시작한다. 실속 없이
손만 바쁜 모양새가 그리는 척에 더 가깝지만.

지효   (차갑게) 5분'밖에' 안 남은 거겠지.
별   나는, 어떡해?
지효   네 걸로 그려.
별   없는데…….
학생2   내가 빌려줄게.

앞자리에 앉은 학생2가 별에게 붓을 건넨다.

못마땅한 표정의 지효.

S#5 문구점 안(오후)

학생들 하교하는 모습 INS.

문구점에서 별과 함께 과자를 고르는 학생3, 학생4.
입구 쪽에서 혼자 기다리는 지효.

별(V.O)　　오늘은, 내가…… 쏠게.

학생4(V.O)　우와! 별이 그런 단어도 알아?

학생3, 학생4이 까르르 웃는 소리.
왜 저래, 혼자 눈을 굴리는 지효.

별, 사탕 하나 들고 지효 앞으로 온다.

별　　　　이거, 맛있어?

사탕을 가만히 바라보는 지효.

우스꽝스럽게 헛구역질하는 시늉에 별이 웃는다.

지효, 망설이다가.

지효   근데, 너 아까 왜 그랬어?

별   응? 무슨, 소리?

지효   아까 미술 시간에…….

학생3   (말을 끊으며) 별아, 나 이것도 사 주면 안 돼?

별   그래.

계산대로 향하는 별.

지효   (태연한 척) 빨리 좀 사!

다시 혼자가 된 지효.

웃음기가 가신다. 복잡한 표정.

S#6 문구점 밖(오후)

별, 지효, 학생3, 학생4.

다들 험악한 표정으로 과자 씹어 먹는 중.

흙먼지가 날리며 〈석양의 무법자〉를 연상케 하는 피리 소리 효과음.

학생5, 뽑기 기계에 동전을 넣는다. 기계가 뱉은 캡슐을 들고 와서
자연스럽게 합류.

학생5　　　(속삭이며) 쟤 외계인이라니까.

학생4　　　아니라니까.

츄파춥스를 물고 있는 학생3.

학생3　　　근데 용돈 받았어? 이런 것도 사 주고.

별　　　　　응. Tooth Fairy, 그러니까…… 이빨 요정한테…… 돈, 받
　　　　　　　았어.

학생4　　　이빨 요정? 그게 뭐야?

별, 손가락으로 입을 벌려서 빠진 송곳니 자리를 보여 준다.

별　　　　　이빨이…… 빠지면, 자기 전에 베개 밑에, 이빨 둬. 그러
　　　　　　　면 Tooth Fairy가 가져가고…… 돈, 주잖아. 몰라?

별의 말을 반신반의하는 분위기.

구석에서 조용히 이를 만져 보는 지효.

S#7 거실 → 부엌(저녁)

거실에 앉아 TV로 애니메이션 보는 지효.
주인공이 커다란 종이비행기를 타고 날아다니는 장면이다.

지효, 부엌을 쳐다본다.
식탁에 앉아 노트북 키보드를 두들기고 있는 지효의 엄마 **진숙(40
대, 여).**

어느새 지효가 진숙 앞에 나타나 식탁 위로 얼굴만 빼꼼 내민다.

지효   내일 무슨 날이게?

노트북에 눈을 떼지 않고 말하는 진숙.

진숙   네 송곳니 빼는 날.

지효, 불쑥 일어나며.

지효   아니거든? '빼빼로 데이'거든?

진숙의 반응을 살피는 지효. 여전히 노트북에 시선 고정.

지효   (불쌍한) 근데 돈이 없어. 그래서 엄마한테 빌려 볼까 하는 데, 괜찮을까?

진숙   안 괜찮아. '빼빼로 데이'는 무슨. 엄마가 맛있는 가래떡 사 줄게.

지효   (돌변) 싫어! 그럼 나 치과 안 갈래. 이빨 요정한테 돈 받을 거야.

그제야 잘못 들었나, 하고 지효를 쳐다보는 진숙.

진숙   이빨 요정은 또 뭔 소리야?

지효   이빨 빠지면 이빨 요정이 돈 준대. 별이가 나한테 알려 줬어.

진숙   그럼 치과 가면 되겠네.

지효   치과는 이빨 가져가잖아, 이빨 요정한테 돈 받으려고! 어쩐지 이상하다 했어.

진숙   얼씨구. 소설을 써라. 전학생 걔는 3학년이나 됐는데도 그런 걸 믿네.

지효   미국에는 진짜 있을 거야. 우리랑 다르잖아.

진숙   지효야. 그건 다른 게 아니라 틀린 거야. 그런 거 믿으면
         나중에 실망만 해. 그러니까 우리 현대 과학 믿고 내일 치
         과 가자, 알겠지?

지효, 코 찡그리며 진숙을 째려본다.
곧이어 발로 바닥을 쿵쿵 치며 안방으로 들어간다.

S#8 화장실 → 안방(저녁)

흔들리는 송곳니를 조심히 만져 보는 지효.
거울 속 자신을 째려본다.

지효   넌 할 수 있어.

Cut to

실로 송곳니를 꽉 묶어 놓은 지효.
눈을 질끈 감고 살짝 잡아당기다가, 그만둔다.
어떡하지, 고민하다가 거울에 비치는 안방 문을 본다.
좋은 생각이 났는지 개구쟁이처럼 싱긋.

안방 문고리에 실을 감고, 묶고, 잡아당겨서 고정하는 세 컷. 빠른 호흡으로 이어진다.

지효, 방문을 절반 정도 열어 놓은 채 송곳니에 묶어 둔 실이 적당히 팽팽해질 때까지 뒷걸음질한다.
긴장한 얼굴로 숨을 내쉬더니.

지효   (떨리는) 하나, 둘, 셋!

방문을 발로 힘껏 차는 지효.
문이 닫히는 순간 짧은 비명을 내지른다.

진숙 뛰어오는 소리. 안방 문을 열어젖히는데.
지효가 덤덤한 표정으로 서 있다.

진숙   지효야, 괜찮아? 어디 다쳤어?

둘의 대화가 희미하게 들리고……
지효의 등을 비추는 카메라. 점점 내려가 뒷짐을 지고 있는 지효의 손을 포착한다.
지효, 빠진 송곳니를 쥐고 있다. F.O.

S#9 안방(아침)

빠진 송곳니 시점의 화면.

베개에 덮여서 아무것도 보이지 않는다.

알람이 웅— 웅— 울리고…….

부스럭거리는 소리. 탁, 하고 꺼지는 알람.

누군가 목을 에헴, 가다듬고 베개를 걷으면.

화면에 빛이 환하게 들어온다.

기대에 찬 표정으로 베개를 들고 있는 지효.

카메라, 즉 송곳니를 내려다보더니 이내 표정이 굳는다.

S#10 복도 → 교실(오전)

씩씩거리며 교실로 걸어가는 지효의 뒷모습.

문을 열고 들어가 별에게 성큼 다가간다.

송곳니를 손바닥에 올리고 별 앞에 들이밀며.

지효　　　　나한테 거짓말했어.

학생들이 수군거리며 몰려든다.

지효   미국에서 오면 다야? 그게 뭐 잘난 거라고 자랑하고 다
              녀? 한국말도, 공부도 우리보다 못하면서. 사람 바보 만
              들면 기분 좋아?

별   무슨, 소리…….

지효   (말을 끊으며) 그리고 내 붓은 잘만 쓰면서 휴지는 왜 던진
              건데? 더러워? 그러는 넌?

별   아니…….

지효   됐어. 듣기 싫어.

원래 자리인 맨 뒷자리에 앉는 지효.

학생1, 별에게 어색하게 손 인사를 한 뒤 옆에 착석한다.

어리둥절한 별. 말문이 막힌 채 책상만 멍하니…….

S#11 교실(오전)

국어 시간.

일어나서 발표하는 중인 학생1.

별, 교과서를 보며 멍을 때린다.

똑같은 자리에 연필로 원을 계속 그린다.

교사　　이번엔 누가 읽어 볼까. (사이) 구별, 다음 시 한번 읽어 줄
　　　　래?

정신을 번쩍 차리는 별.
읽을 부분을 찾아 헤매자 학생1이 손으로 짚어 준다.
별, 머뭇거리며 자리에서 일어난다.

별　　소나기. 오순택. 누가, 잘 익은 콩을…… 저렇게 쏟고……
　　　　있나.

어눌한 발음을 한 학생이 흉내 내는 소리.
교사가 쉿— 주의를 준다.
이어서 읽는 별.

별　　또로록, 마당 가득, 실로폰 소리…… 난다. 소나기, 그치
　　　　고 나면…….

비웃으며 속닥거리는 일부 학생들.
별, 참다못해 교과서 내려놓고 버럭.

별   야! 뒤지고 싶냐?

순간 정적. 몇 학생이 와아— 탄성을 지른다.
엷은 미소를 머금는 지효.

교사   별, 너 누가 그런 말 쓰라고 했어. (교탁을 치며) 누구야, 응?
우리가 좋은 본보기가 되어야 한다고 선생님이 말했잖
아. 너희들 진짜 이럴래?

교사, 실망한 듯 한숨을 내쉰다.
별은 바닥으로 시선을 떨군다.

교사   별이는 수업 끝나고 나랑 잠깐 얘기 좀 하고, 일단 앉아.

자리에 앉는 별.
지효, 불안한 눈초리로 별을 흘깃.

교사   그럼, 마지막 문단은 다 같이 읽을까? 시—작.

따라 읽는 학생들.

교사/학생들 소나기 그치고 나면 하늘빛이 더 맑다.

S#12 교실(오후)

청소 시간.
학생들이 빗자루와 대걸레로 바닥을 쓸고 미는 중.
창가에서 대화 나누는 학생3, 학생5.

학생5 내가 뭔가 이상하다고 했지. 미국에서 온 것도 분명히 아
닐 거야. 내가 장담하건대, 쟤 화성에서 왔어.

학생3 진짜?

학생5 그렇다니까. 이름도 별이잖아. 내가 책에서 읽었는데, 화
성에서 생명체가…….

지효, 둘 앞에 나타나 학생5에게 헝겊을 건넨다.

지효 (쏘아보며) 청소 시간이면 청소를 해야지. 지금이 과학 시
간이냐?

멋쩍은지 괜히 웃어 보이는 학생5.

학생3	맞다. 범인은 찾았대?
지효	무슨 범인?
학생3	별이한테 '뒤지고 싶냐' 알려 준 사람.
지효	(어색한) 아……. 나도 몰라.

학생2, 창문 닦으면서 말없이 듣다가.

학생2	말 안 했다는데?
지효	뭐?
학생2	별이 말이야. 누가 알려 줬는지 끝까지 말 안 했대.

S#13 부엌(저녁)

식탁에 앉아 **엄마(30대, 여)**와 **아빠(30대, 남)**를 마주 보고 있는 별.

별	(속상한) 이빨 요정은…… 비행기, 못 타나? 혼자, 여기까
	지 날아오기…… 힘들지?

난처해하는 엄마, 아빠.
귓속말로 대화를 주고받는다.

별   귓속말, 나쁜 거라며.

별을 경직된 자세로 바라보는 둘.

서로 팔을 툭툭 치며 중얼거리다가, 결국 아빠가 입을 연다.

아빠   별아. 우리가 지금까지 얘기 안 해 준 게 있어. 사실…….

S#14 교실(아침)

다음 날.

창가에 모여서 속닥속닥 대화 나누는 학생들.

별은 미동도 없이 책상에 엎드려 있다.

지효, 반에 들어온다. 분위기를 살피더니 가방 내려놓고 학생4에게

다가가서.

지효   (작게) 무슨 일이야?

학생4   지금까지 부모님한테 속았대. 이빨 요정은 부모님이 지

          어낸 거라나 뭐라나. 난 또 진짜 있는 줄 알았지.

별을 쳐다보는 지효. 걱정하는 눈빛이 섞여 있다.

S#15 교실(오후)

하교 준비를 하는 별.
지효가 별 근처에서 서성이다가…… 쭈뼛거리며 빼빼로 하나를 건넨다.

지효   늦었지만 받아. 어제 네 짝꿍 거 하나 뺏었어.

별, 시큰둥한 반응.

지효   뻥이거든. 내가 받은 건데, 너 하나 줄게.

S#16 하굣길(오후)

지효, 그리고 별. 같이 내리막길을 걷는다.
나란히, 하지만 멀찍이.
조심스럽게 말을 꺼내는 지효.

지효   우리 엄만 작년까지 우리가 보이지 않는 강아지를 키우고 있다고 나를 속였어. 올백 맞으면 강아지가 내 눈에 보일 거라고 해서 진짜 열심히 공부하고 올백 맞았다? 근데 달려서 집에 가니까 아무것도 없더라고.

피식 웃는 별. 덩달아 미소 짓는 지효.

지효   미안해. 그렇게 화냈으면 안 됐는데.
별   (말 없다가) 나도 미안. 두루마리 휴지, 한국은 원래, 쓰는 거…… 몰라, 몰랐어. 미국은, 화장실에서…….
지효   그래, 알겠어. 괜찮아.

걸으며 둘의 사이가 조금씩 가까워진다.

지효   (밝아진 목소리) 우리 게임 할까?
별   어떤, 게임?
지효   돌아가면서 질문 하나씩 하는 거야. 정말 아무거나.
별   좋아. (어색한) 나이쓰?
지효   그렇게 하는 거 아니야. 나이쓰으―! 이렇게.
별   나…… 나이쓰―!
지효   그렇지. 암튼 나 먼저다. 너희들, 집에서 신발 신는다며.

진짜 그래?

별   응. 이상한 거, 아니야. 근데, 우리 가족은…… 안 그래.

지효   그럼 하나 더. 너 하루에 몇 번 양치해?

별   (웃으며) 네 번.

지효   뭐? 웃기지 마. 네가 네 번이면 난 다섯 번이다.

티격태격하며 카메라와 멀어지는 둘.

웃음소리 잔잔하게 들리며, 그렇게 **엔딩**.

3부

무(無)

❖ **로그라인**

어느 날 마당에서 기괴하게 생긴 무가 자라기 시작했다.

❖ **주요 등장인물**

· **수인囚人(30대, 여)**

평범한 은행원.

· **이웃집 여자(40대, 여)**

수인의 친부 댁 옆집에 사는 수상한 이웃.

❖ **작중 시기**

2000년대

❖ 시나리오

S#1 복사실(낮)

은행 복사실에 홀로 서 있는 수인.
복사기 소리가 위잉— 요란하다.
동일한 모델의 복사기가 화면 끝까지 여백 없이 배열되어 있는 모습
이 답답하고 폐쇄적인 분위기를 조성한다.

따분하다는 듯이 고개를 삐딱하게 떨구는 수인.
몸의 무게중심을 좌우로 번갈아 가며 발꿈치를 살짝씩 든다. 끊이지
않는 인쇄 소리에 마른세수하며 한숨.

복사기가 달카닥거리다가 갑자기 멈추는데.
수인, 익숙하다는 듯이 복사기를 발로 가볍게 찬다.
다시 종이를 뱉어 내는 복사기.
계속해서 쌓여 가는 서류를 수인은 멍하니 바라본다.

인쇄가 끝나면, 수인은 서류를 집어 들어서 화면 밖으로 퇴장한다.
이때 수인을 따라가지 않고 그대로 복사실을 비추는 카메라. 아까

말썽 부린 복사기가 또다시 덜덜거리며 요란한 소리를 낸다.

수인, 다시금 화면 안으로 걸어오더니 이번에는 복사기를 있는 힘을 다해 발로 찬다.
쿵— 하고 울리는 소리. 더 이상 소음이 들리지 않는다.

숨을 가다듬고 헝클어진 머리를 한 손으로 대충 정리하는 수인.
구두를 확인한다. 앞쪽이 충격으로 찌그러진 모습.

S#2 창구(오후)

길게 나열된 창구.
직원들 모두 유니폼을 입고 자리에 앉아 있다.
마우스 딸깍 소리가 끊이질 않는다.
자판 두드리는 소리, 전화 소리…… 여러 소리가 잡음처럼.

구두를 벗고 맨발로 앉아 있는 수인.
역시 데스크톱을 응시하며 마우스 움직이는 중.
숫자 읽고 네모 칸 클릭하는 행위를 반복하는데, 중간에 숫자를 놓치는 탓에 커서가 자꾸 처음으로 돌아온다.

의식적으로 눈을 감았다 뜨지만.

눈동자는 점차 초점을 잃어 간다.

주변의 소음이 커진다. 딸깍, 딸깍, 딸깍, 딸깍.

그때, 핸드폰 진동이 울리며 모든 게 원래대로 돌아온다.

모르는 번호로 전화가 온 것.

수신 거절하려다가 전화를 받는 수인.

수인　　　누구세요?

발신자의 목소리를 수인은 듣지만, 관객은 듣지 못한다.

수인, 조용히 듣고 있다가 표정 어두워진다.

S#3 장례식장(저녁)

빠른 걸음으로 복도를 가로지르는 수인.

두리번거리며 헤매다가 인기척이 들리는 쪽으로 향한다.

조문객과 대화를 나누고 있는 수인의 **오빠(30대, 남)**. 수인을 발견하

곤 표정이 굳는다.

오빠를 힐끔 쳐다보고는 시선을 피하는 수인.
분향실에 들어간 다음 영정 사진을 바라본다.
사진은 앵글에 잡히지 않는다.
향이 여럿 꽂혀 있다. 연기가 피어오른다.

S#4 장례식장 밖(저녁)

벽에 기대어 팔짱 끼고 있는 수인.
오빠, 뒷문 열고 등장. 라이터를 꺼내 담배에 불붙인다.
수인에게 담배를 슬쩍 권유하지만, 수인은 거절한다.

오빠   살아 있었네.

대답 없는 수인. 정적이 흐른다.
둘은 벽에 기댄 채 서로를 바라보지 않는다.

오빠   그렇다고 번호까지 지울 필요는 없잖아.
수인   심장 때문이야?
오빠   ······그렇지, 뭐. 핏줄이 어디 가나.
수인   그럼 미리 신호가 왔을 거 아니야. 할아버지처럼.

오빠	별문제 없었어. 전화했는데 안 받아서 가 봤더니 쓰러져
	계셨고……. 급성이 괜히 급성이게, 쯧.
수인	모르지, 그건.
오빠	(화내려다가 한숨) 네가 할 소리냐. 그깟 유산 안 준다고 연
	락이나 끊고.

오빠, 신경질적으로 담배를 휙 던지고 장례식장 안으로 들어간다.
담배를 바라보는 수인. 불이 꺼지지 않은 채 타오른다.

수인, 담배를 밟고 뭉갠다. 암전.

S#5 도로 → 승용차(일몰)

삽입곡 〈펄 시스터즈 - 커피 한 잔〉 크게 깔리며 F.I.
타이틀이 떠오른다.

무(無)

하늘에서 자동차를 내려다보는 카메라. 정확히 화면의 중앙에 자동
차를 배치한 채 속도를 맞춰 따라간다. 인위적이고, 지나치게 완벽

한 카메라 워크.

구불구불한 도로를 달리는 자동차를 천천히 줌 인.

관찰하듯이, 음침하게.

운전하는 수인.

핸들을 검지로 치며 노래 따라 조용히 흥얼거린다.

수인　　커피 한 잔을 시켜 놓고, 그대 올 때를 기다려 봐도, 웬일
　　　　　인지 오지를 않네. 내 속을 태우는구려…….

S#6 집 밖 → 안(저녁)

시골집에 도착한 수인. 시동 끄고 차에서 내린다.

무릎 높이의 마루에 캐리어를 올리고.

미닫이를 조심히 연다. 오래된 문짝이 덜컹.

전등 스위치를 딸깍 누르자 집 안에 불이 켜진다.

안방을 둘러보는 수인.

책상 위에 놓인 액자들을 구경한다.

수인과 오빠의 유년 시절을 담고 있는 사진들. 어린 수인이 해맑게 웃고 있다.

책상 아래에 있는 서랍을 열면, 각종 잡동사니가 마구 쌓여 있다. 의아하다는 표정으로 물건을 이리저리 들춰보는 수인. 서랍을 완전히 꺼낸 다음 뒤집어 물건을 쏟는다.
'신선무'라고 표기된 씨앗 봉지들 사이를 손으로 헤집지만 찾는 물건이 없는 모양.

머리를 쓸어 올리는 수인.
핸드폰 켜서 최근 통화 목록을 훑어본다.
상단의 저장되지 않은 번호로 전화를 걸자 잠시 통화 연결음이 흐른다.

오빠(F)	이야, 오래 살고 볼 일이다.
수인	상자 어디 갔어?
오빠(F)	무슨 상자? 아니, 전화해서 대뜸 하는 첫말이 그거면 내가 어떻게 아냐.
수인	그, 내가 막…… 일기장, 편지 그런 거 담아 둔 상자 있잖아, 아빠 집에. 분명히 장롱 밑에 내가 넣어 놨는데, 없어. 혹시 고모가 버렸어?

오빠(F)　　아……. 그거 아빠가 버렸어.

수인, 책상 밑을 살펴보다가 멈춘다.

수인　　언제……? 아니, 왜? 왜 맘대로?

오빠(F)　　네가 연락 끊고 나서, 이제 안 볼 사이인데 물건들 가지고
　　　　있어 봤자 뭔 소용이냐면서 홧김에 다……. 아빠도 버리
　　　　고 나서 후회했어.

허탈한 얼굴로 쭈그려 앉는 수인.

오빠(F)　　……너 지금 아빠 집이야?

수인　　않어.

수인, 전화 끊은 뒤 번호를 차단한다.
널브러져 있는 잡동사니들을 응시.
그중 '신선무' C.U.

S#7 집 밖 → 승용차(저녁)

수인, 씨앗 봉지를 들고 마당으로 향한다.

봉지를 아무렇게나 뜯어 씨앗을 사방에 뿌리고 던진다. 남아 있는

'신선무'가 없을 때까지.

수인　　　(나지막이) 더러워서 안 가져.

차에 타는 수인.

시동을 거는데, 계기판에 주유 경고등 불이 들어온다.

수인, 운전대를 내리치려다 팔을 내린다.

이내 체념한 듯 등받이에 기댄다.

S#8 집 안(저녁 → 아침)

안방 바닥에 누워 잠을 청하는 수인.

뒤척이다가 곧 잠든다.

Cut to

핸드폰 진동에 수인은 화들짝 놀라며 깨어난다.

모르는 번호로 온 전화. 거절한다.

머리카락을 뒤로 쓸어 넘기며 다시 눕는다.

멍 때리듯이 천장을 가만히 바라보는 수인.

바람이 불어오자 햇빛 한 줄기가 커튼 틈새로 들어오는데…… 그 찰나에 집유령거미 하나가 천장을 기어다니는 모습이 비친다.

수인, 긴장한 얼굴로 다급히 벽에 기대앉는다.

천장에서 눈을 떼지 않지만, 어두워 아무것도 보이지 않는다.

다시 바람이 불면…….

이번에도 햇빛이 커튼 사이로 순간 새어 들어온다.

벽에 붙어서 얇고 기다란 다리로 재빠르게 움직이는 거미.

수인, 달려가 손바닥으로 그것을 내려친다.

다시 어둠이 찾아온다.

숨을 헐떡이는 수인.

벽을 더듬으며 전등 스위치를 찾는다.

불을 켜 보고 손바닥을 바라보는데, 그것은 없다.

온몸이 으스러져 손바닥에 끈적하게 붙어 있어야 할 거미가, 없다.

수인, 당황한 기색을 감추지 못한다.

신경질적으로 커튼을 모두 열어젖히기 시작하는데.

부엌에 있는 커튼을 열다가 멈칫한다.

믿을 수 없다는 듯 창문 너머의 광경을 계속 바라본다.

창문 밖을 비추는 카메라.

어젯밤 뿌리고 던진 씨앗이 무가 되어 텃밭에 무성하게 자라 있다.

S#9 집 밖(아침)

체크무늬 셔츠를 걸쳐 입는 수인.

내리쬐는 햇볕에 미간을 찌푸린다.

호미를 들고 마당의 작은 텃밭으로 향한다.

흙 속에 깊이 묻힌 채 고개를 내밀고 있는 무들.

그런 모습을 수인이 의문의 눈초리로 내려다보다가.

곧이어 호미로 흙을 긁어내기 시작한다.

한참을 긁어내던 수인.

줄다리기하듯이 자세를 낮추고 잎사귀를 두 손으로 잡아당긴다. 무가 땅에서 뽑혀 나오자 그대로 땅에 주저앉는다.

그런데 웬걸.
무의 아랫부분이 여러 갈래로 갈라진 모습이 흡사 사람의 손을 연상
케 했다.

무의 괴상한 형체에 뒷걸음질을 치는 수인.
겁에 질린 눈빛으로 그것을 주시한다.
잠시 숨을 고르고…… 옆에 있는 무도 뽑아 보는데.
이번엔 마치 사람의 발처럼 생긴 무의 형태.

수인, 땀을 흘리며 가쁜 숨 내쉰다.
그때, 누군가 속삭이는 듯한 소리가 아주 작게 들린다.

수인   아빠……?

수인, 땅에 귀를 대 본다.
소리가 사라진다. 혼란스러운 표정으로 일어나면.
이웃집 여자가 쳐다보고 있다.
창문 너머로 상황을 지켜보던 이웃집 여자는 수인과 눈이 마주치자
블라인드를 내린다.

S#10 마을길(오후)

무를 양손에 하나씩 들고 마을길을 맥없이 걸어가는 수인.
채소를 가득 싣고 가는 트럭을 발견한다.
무를 내려놓고 두 팔을 휘적이니 트럭이 멈춘다.

Cut to

줄기를 잡고 무를 흔들어 보는 **장수(60대, 남)**.

장수　　　이렇게 생겨 먹은 놈은 내 육십 평생 처음 보네잉.

수인　　　씨앗이 상한 건 아닐까요? 더운 날씨에 오래 방치해서 그
　　　　　렇다거나……. 아, 제가 몇 번 실수로 떨어트렸거든요.
　　　　　그때 상처가 나서 이상하게 자란 걸 수도 있잖아요.

장수　　　(무를 이리저리 돌려 보며) 상처가 났으면 아예 싹이 안 올라
　　　　　와브러요. 이렇게, 뭐냐…… 저기, 거시기하게 생긴 거
　　　　　는…… 종자가 원래 그런 것인디. 이거 은제 심었어요?

수인　　　아……. 그게, 기억이 잘 안 나네요.

장수　　　그 양반 무시가 참말로 좋은 무시인디. 그란디 이것은, 꼭
　　　　　사람 손 같은 것이…… 세상이 망하려는 갑소.

장수, 수인에게 무를 돌려준다.

수인　안 사세요?

장수　(중얼대는) 큰일 나 브렀다. 어째야 쓰까.

이마에 맺힌 땀을 닦으며 트럭에 올라타는 장수.
시동이 켜지는 즉시 트럭을 몰고 떠난다.

수인　(뒤늦게) 저, 제일 가까운 주유소가 어디예요……?

S#11 대문(오후)

수인, 집 대문을 열고 들어가려는 참에 이웃집 여자가 나타나 손 흔든다.

이웃집 여자　저기, 아가씨!

수인, 흘겨보곤 못 들은 척 대문을 닫으려고 하는데.
이웃집 여자가 문을 탁— 잡는다.
문을 붙잡고 눈인사를 보내는 이웃집 여자. 방긋 웃는다.

이웃집 여자 어휴, 왔으면 왔다고 말을 해야지. 안 그래도 소식은 들었
는데 통 연락할 방법이 없었단 말이야.

수인 (시큰둥) 아, 네.

이웃집 여자 이 집 딸내미?

수인 네, 맞아요.

이웃집 여자 머리도 짧구, 어쩜 이렇게 아빠랑 똑같이 생겼을까? 난 또
아까 귀신이라도 본 줄 알구 까―암짝 놀랐잖아. 이승 못
떠나시고 여전히 농사지으시는 줄 알았어.

혼자 호탕하게 웃는 이웃집 여자.

이웃집 여자 코빼기도 안 보이길래 연 끊고 어디 도망이라도 간 줄 알
았지, 나는.

수인 아, 집 정리만 좀 하고 가려고요. 그럼 이만…….

문을 붙드는 이웃집 여자.
손마디가 도드라지도록 힘을 준다.

이웃집 여자 집은 아가씨가 물려받은 거야?

수인 아뇨, 오빠가요.

이웃집 여자 아가씨는? 뭐 받았어?

수인   (불편한) 근데 저 할 일이 있어서…….

수인, 다시 문을 닫으려고 하지만 이웃집 여자가 완고하게 막는다.
안으로 들어올 기세.

이웃집 여자 근데, 나 저기 잠깐만! 아까 보니까 밭에 무가 있더라고.
아가씨 집안 무가 유명해도 적당히 유명해야 말이지. 우
리 집 무는 팔리지도 않았어. 참 인자하신 분이셨는데 무
만큼은, 그렇—게 하나만 달라고 부탁해도 절대로 나눠 주
지 않으셔서, 나, 가슴에 한이 좀 맺혀. 그러니까 아가씨,
부탁인데 무 하나만 줄 수 있을까? 뭇국 좀 끓여 먹게, 응?

수인   저리 가세요.

수인, 대문을 쾅 닫는다.

S#12 집 안(일몰)

도마에 무를 올려놓은 채 식칼을 들고 있는 수인.
긴장한 듯 식은땀을 흘린다.
사람의 다리처럼 생긴 기다란 무에 칼을 갖다 대 보지만, 썰지 못한다.

수인, 칼을 던지다시피 내려놓으며 짜증에 찬 신음을 내지른다.

쥐어뜯어서 헝클어진 머리를 정리하고는 부엌 커튼을 걷는데.

이웃집 여자가 울타리 앞을 서성이며 수인의 텃밭을 힐끔거리고 있다.

S#13 집 밖(일몰)

수인　　　뭐 하시는 거예요?

마루를 지나 텃밭으로 향하는 수인.

이웃집 여자　(태연하게) 뭐 하는 거냐니?

수인　　　못 준다고요, 무. 제가 똑똑히 말씀드렸잖아요.

이웃집 여자　무슨 말을 하는 건지 모르겠네.

수인　　　울타리에서 떨어져 주세요.

이웃집 여자　아가씨. 뭔가 오해하는 것 같은데, 여긴 내 마당이야. 내
　　　　　　마당을 내 마음대로 돌아다니지도 못해?

텃밭의 흙을 손으로 정신없이 파내는 수인.

이웃집 여자의 얼굴이 굳는다.

이웃집 여자   나 봤어. 무 어떻게 생겼는지.

잠시 멈칫하는 수인.

이웃집 여자   줘도 안 먹을 걸 내가 선심 써서 먹어 준다고 했으면 곱게
          줘야지, 어디서 비싼 척하고 지랄이야.
수인   못 준다고…….

수인, 무 줄기를 잡고 뽑아 보려고 하지만 미동도 없다.

이웃집 여자   이 집, 어차피 아가씨 거 아니잖아. 그러니까 나한테 뭐라
          할 권리 없어.

무가 뽑힐 기미가 보이지 않자, 결국 일어나는 수인.

수인   (나지막이) 못 준다고…….

수인, 뒤돌아 집으로 걸어간다.

S#14 집 안 → 밖(일몰)

집을 샅샅이 뒤지는 수인.
물건들이 바닥에 떨어지고 엉망이 된다.
호미를 찾아낸다.

다시 마당으로 가 보는데.
텃밭에 파내고 있던 무가 없다. 이웃집 여자 또한 종적도 없이 사라
진 상태.
수인, 호미를 쥐고 이웃집으로 발길을 옮긴다.

S#15 이웃집(일몰)

카메라는 핸드헬드로 수인을 뒤따라가며 산만하게 흔들린다.
수인, 살짝 벌어진 현관문을 열어젖혀 이웃집 안으로 들어간다. 어
수선한 동선으로 집 안을 돌아다니다가…… 거실의 둥근 소반에 심
장처럼 생긴 무가 올려져 있는 것을 발견한다.
휘슬 주전자의 삑— 하는 소리가 부엌 쪽에서 날카롭게 울리다가 툭
끊긴다.

이웃집 여자   여기가 어디라고 들어와!

부엌에서 튀어나와 뚜껑 열린 주전자를 수인에게 던지는 이웃집 여자. 중심을 잃으며 호미를 놓치는 수인.

수인, 뜨거운 물이 닿아 벌겋게 변해 버린 얼굴을 감싸 쥔다. 눈을 제대로 뜨지 못한 채 바닥을 더듬는 수인 위로 이웃집 여자가 올라타 두 팔을 붙잡는다. 수인은 버둥거리며 이웃집 여자의 몸통을 발로 찬다. 뒤로 밀려나는 이웃집 여자.

수인, 바닥에 떨군 호미를 향해 손을 뻗는다. 또다시 달려드는 이웃집 여자. 수인은 간신히 호미의 삽날을 움켜쥐어 자루 부분으로 이웃집 여자의 머리를 가격한다.

수인   (울부짖는) 못 준다고!

이웃집 여자는 고통을 호소하며 뒷걸음질한다.

수인, 자리에서 힘겹게 일어난다. 호미의 자루가 아닌 날을 꽉 쥐는 탓에 손바닥이 베여 피가 뚝뚝 떨어진다.

호미를 돌려 똑바로 잡는다.

턱을 다쳤는지 입을 다물지 못하는 이웃집 여자.

수인이 다가오자 겁에 질린 표정으로.

이웃집 여자　잠, 잠깐······!

이웃집 여자, 비틀거리다가 발목을 삐끗하는데.
그만 뒤로 넘어지며 탁자 모서리에 목을 부딪힌다.
뼈가 우두둑 꺾이는 소리. 바닥에 쿵 쓰러진다.

화면은 이웃집 여자의 하반신만 비춘다.
움찔거리는 다리.

수인, 숨을 거칠게 몰아쉰다. 적막 속에서 숨소리만.
코에서 피가 흐른다.

S#16 마을길(일몰)

수인, 심장처럼 생긴 무를 들고 옆집 대문을 닫는다.
줄기를 잡고 있어서 걸을 때마다 무가 흔들린다.
초점 없는 눈으로 터덜터덜 걷는 수인.
코밑을 소매로 쓱 훔치고, 다시 걷는다.

S#17 집 안(저녁)

수인, 안방에 앉아 심장같이 생긴 무를 먹어 치운다.
억지로 씹어서 삼킨다…….

바닥에 뒤집혀 죽어 있는 집유령거미 C.U.
엔딩.

조수석에 앉은 여자

❖ 로그라인

미국의 어느 시내 외곽. 애인과 저녁 식사를 하러 가는 길, 오늘따라 계획이 하나둘씩 틀어진다.

❖ 주요 등장인물

· 희수燹搜(20대 중반, 여)

미국 모 대학에서 재학 중인 유학생. 한국인이다.

· 대니Danny(20대 후반, 남)

희수의 애인. 흑인이다.

❖ 시나리오

S#1 고속도로 → 트럭(해 질 녘)

어두운 화면.

록 음악이 깔리며 F.I.

씬이 진행되는 동안 화면 위에 크레딧이 하나씩 뜬다.

제작, 촬영, 배우 등…….

저녁노을, 차도를 질주하는 픽업트럭을 보여 주다가, 포장 상태가
나쁜 울퉁불퉁한 도로를 거칠게 긁는 바퀴 C.U.

갓길에는 쓰레기와 찢어진 타이어, 뜯겨 나간 차량 범퍼가 널브러져
있고, 중앙분리대에 들이받은 흔적이 여기저기 그을린 듯이 남아 있
다.

카메라는 조수석을 측면에서 비춘다.

차창 밖으로 팔을 걸치고 있는 희수를 가까이서.

희수, 팔을 쭈욱 뻗어서 바람을 느낀다. 운전하고 있는 대니 쳐다보면.

대니, 코웃음 치더니 희수 따라서 한쪽 팔을 내민다.

빛바랜 교통 표지판을 빠르게 지나가는 트럭.

화면 위에 그대로 타이틀.

조수석에 앉은 여자

S#2 트럭(저녁)

록 음악은 끊기지 않되, 배경음악처럼 깔리는 게 아니라 차량 스피
커에서 흘러나온다.

어느새 꽤 깜깜해진 하늘. 차창 밖으로 가로등이 드문드문 보이고.

대시보드 위에는 금목걸이를 두른 핏불 인형이 머리를 신나게 흔들
고 있다.

신호등 앞에서 멈추는 트럭.

신호가 바뀌길 기다리는 대니, 잠시 운전대를 놓는다.

차창 밖을 바라보며 흥얼거리는 희수를 흘깃.

대니   Hey.

희수.

목소리가 노래에 묻힌다. 다시 불러 보지만 역시나.

에라 모르겠다, 충동적으로 음악을 뚝 끄는 대니.

방향지시등 깜빡이는 소리만 남는다.

희수, 황당하다는 듯이 고개를 대니 쪽으로 홱.

희수   You did not just turn off my favorite band's song. Dude, that's illegal.

내가 가장 좋아하는 밴드의 노래를 끄다니. 그건 불법이야.

대니, 초록불이 되자 운전대를 잡으며 액셀을 서서히 밟는다. 희수와 달리 사뭇 진지해 보이는 얼굴.

노래를 다시 켜려고 하는 희수.

대니는 그런 희수의 손등을 가볍게 탁, 친다.

희수   Ow!

아야!

대니   It's time for us to talk.

얘기 좀 하자.

희수   Danny, I told you several times. That weird squeaking sound from your brake bothers me. I'm not gonna talk in the car before you get it repaired.

대니, 브레이크 페달에서 나는 이상한 끼익 소리가 거슬린다고 몇
번이나 말했잖아. 수리 맡기기 전에 차 안에서 말 안 할 거야.

대니   You're talking. Also, it's a truck, not a car.
지금 말하고 있네. 그리고 트럭이야, 차가 아니라.

황당한 표정의 희수.
곁눈질로 반응을 살피는 대니. 부드러워지는 목소리.

대니   I know, but it's because you push it too hard. You have
to press it gently. Look.
알겠어. 근데 너무 세게 눌러서 소리 나는 거야. 살짝 밟아 줘야지.
잘 봐.

한산한 도로에서 브레이크 페달을 조심스럽게 밟는 대니.
그러나 어김없이 나는 끼익— 소리.
그럼 그렇지, 희수는 눈을 굴린다.

희수   (비꼬는) Yeah, good luck with that.
그래, 어디 한번 잘해 봐.

STOP 사인 앞에서 정지하는 트럭.

희수는 붉은 표지판을 향해 손을 뻗는다. 닿을락 말락 하는데, 트럭은 출발한다. 아쉬워하는 손짓.

내비게이션을 켜 놓은 대니의 핸드폰에 알림 하나가 뜬다.
대니, 거치대에서 핸드폰을 빼고 심각한 얼굴로 알림을 확인한다.
바퀴를 비추는 카메라. 차선을 살짝 넘어선다.

희수   I really think you should focus on driving.
          지금 운전에 집중하는 게 좋을 것 같아.

대니   Yeah. My sister just asked me if I'm okay.
          그래. 여동생이 괜찮냐고 방금 물어봐서.

희수   Natalie? Well, that's kinda out of the blue. Did
          something happen?
          나탈리가? 좀 갑작스럽네. 무슨 일 있대?

대니   (운전하랴, 핸드폰 보랴 바쁜 눈으로) Hang on. Uh…… I guess
          there was a mass shooting at Greenwood Park Mall an
          hour ago.
          잠시만. 한 시간 전에 그린우드 쇼핑몰에서 총격 사건이 발생했나 봐.

희수   (핸드폰을 낚아채며) Greenwood? That's like 15 minutes
          from my apartment. Danny, I was literally thinking
          about going there with you this weekend.

그린우드? 내 아파트에서 15분 거리야. 이번 주말에 같이 갈까 생
각 중이었다고.

대니   Shit. That's insane.

젠장. 말도 안 돼.

나탈리가 보낸 링크를 눌러 총격 사건 기사를 훑어보는 희수.

희수   It doesn't show how many vic…….

피해자는 몇 명인지 안…….

대니   (말을 끊는) Oh, fuck.

아, 씨발.

희수   What?

뭔데?

깜빡이던 방향지시등이 뚝 꺼지고.
대니는 핸들을 급하게 돌리며 갓길에다 정차한다.
마른세수하는 대니. 헛웃음을 몇 번.

대니   My truck just died.

트럭 시동이 꺼졌어.

대니, 액셀을 여러 번 밟는다.

희수   Please don't tell me it's because of the brake.
　　　　브레이크 페달 때문이라고 하지 말아 줘.

대니   Nope. Um, something's definitely wrong with the
　　　　engine.
　　　　아니야. 엔진에 문제가 있는 게 분명해.

희수 손에 들린 핸드폰을 도로 가져가는 대니.

대니   (핸드폰 보며) Okay, I'm gonna check the engine real
　　　　quick but there's probably nothing I can do, so I'll call
　　　　Aiyden for help.
　　　　엔진을 후딱 확인해 보겠지만 내가 할 수 있는 건 아마 없을 테니
　　　　에이든에게 도움을 청해 볼게.

희수   Doesn't he live downtown? It's pretty late, and we're a
　　　　bit far from downtown, you know.
　　　　시내에 살지 않아? 시간도 좀 늦었고, 우리 시내에서 꽤 먼데.

대니   Yeah, but there's no other option. Besides, Aiyden's a
　　　　pro. He can fix this in a day.
　　　　다른 방법이 없잖아. 게다가 에이든은 프로야. 이거 하루 안에 고쳐.

희수   Great. We're finally getting a new brake that doesn't squeak every fucking minute.

좋아. 드디어 일 분마다 끼익—거리지 않는 브레이크 페달이 생기겠네.

대니   I never said I'm gonna replace the brake.

페달 교체한다고 말한 적 없는데.

노려보는 희수.

대니   ······Fine. Oh, wait.

······알겠어. 아, 잠시만.

내리기 전, 글로브박스에서 권총을 챙기는 대니.

대니   You never know.

혹시 모르니까.

●

S#3 갓길(저녁)

에이든과 통화하는 대니. 트럭 보닛을 열어 열심히 들여다보는 동안.

희수, 조금 떨어져서 담배를 피운다.

그때, 총성처럼 들리는 파열음이 연달아 멀리서 들린다.
거리가 있어서 선명하지는 않지만, 충분히 위협적인.
경직된 자세로 소리가 났던 방향을 주시하는 희수.

희수   Did you hear that?

           방금 들었어?

대니(V.O)   (대수롭지 않게) Yeah. Probably just fireworks.

           응. 그냥 폭죽일 거야.

희수, 갓길을 따라 천천히 걸으며 소리의 원인을 찾는다.
심장 박동과도 같은 묵직한 효과음이 발을 내디딜수록 점점 빨라진
다. 고조되는 분위기가 절정에 치달을 때 다시 파열음이 울리는데.
저 멀리서 섬광이 번쩍이고 불꽃이 피어오른다. 폭죽이다.

대니 쪽을 바라보는 희수. 보닛에 가려져 하체만 보인다.

희수   How did you know?

           어떻게 알았어?

대니   It has a rhythm. Gunshots don't.

리듬이 있잖아. 총소리는 없어.

희수, 다시 폭죽을 응시한다.

팡 터지며 빛이 여러 갈래로 갈라지다가 사라진다.

눈에 비치는 형형색색의 불빛.

트럭 보닛을 닫는 대니. 통화를 끊는다.

대니   Okay, so Aiyden is on his way.

에이든이 오는 길이야.

희수   Thank god.

다행이다.

대니   But it'll take about 30 minutes for him to arrive, so······

in the meantime, how about we grab something at the

restaurant we were heading to in the first place?

하지만 도착하는 데는 30분 걸릴 거야. 그 사이에 우리가 가려고

한 식당에 가는 건 어때?

희수   How far is it from here?

여기서 얼마나 멀어?

대니   (핸드폰 보며) Well, surprisingly······ 8 minutes on foot.

놀랍게도, 걸어서 8분이야.

희수	(비꼬는) Wow. I really don't know if I should thank your car or not.
	버텨 준 차에게 고마워해야 할지 말아야 할지 정말 모르겠네.
대니	It's a truck.
	트럭이라고.
희수	As you wish, your highness.
	알겠습니다, 전하.

S#4 도로(저녁)

한적한 도로를 걸어가는 둘. 희수가 앞장선다.
반대편 차선에서 자동차가 지나갈 때면 헤드라이트가 그들을 순간 환하게 비춘다.

대니, 한 손은 호주머니에 구겨 넣고 수시로 핸드폰 지도 앱을 확인한다.
희수는 대니가 틀어 놓은 음악에 맞춰 리드미컬하게 걷는다.
리듬 타기 좋은, 너무 빠르지도 너무 느리지도 않은, 그런 템포의 음악.

희수	We should make a song about Aiyden.

에이든에 대한 노래를 같이 작곡할까 봐.

대니   I'd gladly make a song once I get some food in my
mouth.

입에 무엇이든 털어 놓은 이후라면 기꺼이 노래를 만들겠어.

희수   (노래 부르듯이) Aiyden……. The great Aiyden…….

에이든……. 위대한 에이든…….

희수, 흥얼거리다가 표정이 점차 굳는다.

말없이 걷다가…… 안 되겠는지 대니 쪽으로 몸을 휙.

한 박자 늦게 멈추는 대니.

희수   Let's dance.

춤추자.

대니   (당황한) Right now?

지금 당장?

희수   Right now.

지금 당장.

대니   Babe…….

희수…….

희수   (말 끊는) I can't stop thinking about Greenwood. I mean,
shit like this happens every day, I get it, but…… this

one's just too close, Danny.

그린우드 총격 사건이 자꾸만 생각나. 이런 일이 매일 일어난다는

건 알아, 아는데…… 이번에는 너무 가까워, 대니.

대니　　It's not your fault.

　　　　희수 잘못 아니야.

희수　　I know. (사이) I know, so just…….

　　　　알아. 그러니까 그냥…….

키스할 듯, 다가가다 살짝 멀어지는 희수.

대니의 어깨를 쓰다듬다가 양손을 잡는다.

서로를 안은 채 탱고 추듯이 움직이는 둘.

대니　　This song does not fit with tango at all.

　　　　이 노래 탱고와 전혀 안 어울리네.

어색하게 삐걱거리는 대니.

희수　　Dude, You're better than this.

　　　　더 잘 출 수 있잖아.

대니　　I'm wearing sandals.

　　　　샌들 신어서 그래.

대니, 맞잡은 손을 들어 올려 그 사이로 몸을 빙글 돌리다가 희수 팔에 얼굴을 부딪힌다.

빵 터지는 희수.

이후 둘은 손을 놓고 걸어가며 제멋대로 리듬을 탄다.

가로등 아래에서 춤을 추다가 다음 가로등을 향해 달려가는 희수.

따라가는 대니.

카메라는 극적인 연출 없이, 사실적으로 둘의 모습을 비춘다.

S#5 보도(저녁)

보도를 길어가는 둘.

대니는 뒤에서 지도 앱 보는 중.

희수   Are we there yet?

아직 멀었어?

대니   (핸드폰, 길거리를 번갈아 보며) It's supposed to be right……

no, no, no, this can't be real.

바로 여기에 있어야…… 아냐, 아냐, 이럴 수 없어.

멈칫하는 대니. 희수도 따라서 멈춘다.

희수   What now?

　　　　이번에는 또 뭔데?

대니   No, no, no, fuck, no. Come on, I'm starving!

　　　　안 돼, 안 돼. 제발, 배고파 죽겠다고!

희수   Danny, Hold it together. What's wrong?

　　　　대니, 멘탈 잡아. 무슨 일인데?

불 꺼진 식당을 가리키는 대니.

입구에는 'CLOSED' 안내판이.

대니   It literally says it's open on Google.

　　　　구글에 영업 중이라고 떡하니 나와 있다고.

희수   Honestly, I'm not even surprised.

　　　　솔직히, 이제 놀랍지도 않아.

대니   So you're saying this is all my fault?

　　　　이 모든 게 다 내 잘못이라는 거야?

희수   Hey, that's not what I meant.

　　　　그런 뜻 아니거든.

대니   Then what?

그럼 뭔데?

희수, 뭐라 맞받아치려는 순간.

건너편 멕시칸 식당에서 **취객1(20대 멕시코인, 남)**, **취객2(20대 멕시코인, 남)** 나온다.

취객1, 만취한 듯 비틀비틀…… 취객2와 스페인어로 언성 높여 말다툼한다.

맞은편에서 구경하는 희수, 대니.

두 취객은 서로를 밀치고 소리친다. 금방이라도 몸싸움으로 번질 듯한, 과격한 몸짓.

희수   That's not good.

좋지 않은데.

대니   It's not our business.

우리가 상관할 일 아니야.

식당 **사장(40대 멕시코인, 여)** 나오더니 두 취객을 향해 삿대질하며.

사장   No me causes más problemas. ¡Lárguense ya!

더 이상 귀찮게 하지 말고 당장 꺼져!

취객1, 마지못해 한발 물러선다.

취객1   (취객2 향해) Pendejo.

개자식.

취객2   No se enoje, señora, perdón.

화내지 마세요, 부인. 죄송합니다.

사장   No quiero volver a verlos aquí, ¿entendieron?

두 번 다시 이곳에 오지 마, 알았어?

취객2   Perdón, señora, no volverá a pasar.

죄송합니다. 다시는 이런 일 없도록 하겠습니다.

차선을 넘어 희수와 대니가 있는 보도로 걸어오는 취객들.

취객1, 둘 째려보다가 손에 쥔 술병을 들어 병나발 분다.

취객2   Carnal, carnal, por favor, escúchame.

형, 제발 내 말 좀 들어 줘.

희수와 대니를 바라보는 사장.

식당 문틈 사이로 멕시코 전통 음악 마리아치가 흘러나온다.

사장   ¿Y ustedes, van a entrar o se van a quedar ahí?

        거기 둘. 들어올 거야, 아니면 거기 계속 서 있을 거야?

희수와 대니, 나란히 서서 사장을 물끄러미.
스페인어라 알아듣지 못한 눈치다.
사장, 귀찮다는 투로.

사장   (멕시칸 억양이 묻어나는) Enter, or no.

        들어올 거냐고, 말 거냐고.

서로를 쳐다보는 둘. 꽤 지친 모습.

S#6 식당(저녁)

식당에 들어서는 둘.
다른 소리가 완전히 묻힐 정도로 마리아치가 크게 틀어져 있다. 노
래가 아닌 소음으로 들리는 수준의 데시벨.
구석에는 한 **중년 남성(50대 멕시코인, 남)**이 앉아 노래하는데, 마이
크 상태가 안 좋은 건지 음량을 너무 크게 설정한 탓인지 노랫소리
가 심하게 깨진다.

식당의 조명은 켠 듯 안 켠 듯 어슴푸레하다.

창가에 마주 보고 앉는 희수와 대니.
테이블 위엔 코스모스 조화와 각종 소스가 올려져 있다.
희수, 귀를 만지며 불편한 기색을 보인다.
대니가 그런 희수를 보고 입을 열지만, 그의 말이 도통 들리지 않는다.

희수 (외치듯 말하지만 간신히 들리는) What?
뭐라고?

희수, 몸을 앞으로 기울인다. 고개 돌려 귀를 대니 쪽으로.
다시 입을 여는 대니, 목소리가 조금 들리나 뜻은 이해할 수 없다.

희수 (역시나 간신히 들리는) I can't hear you.
안 들려.

희수, 자세를 고쳐 앉고 고개를 젓는다.
답답한 표정의 대니.
나도 마찬가지야, 인상 쓰는 희수.

희수, 창밖을 바라본다.

취객들이 맞은편 보도에서 또다시 실랑이 벌이는 중.

상황이 금세 과열되더니…… 취객2의 얼굴을 주먹으로 가격하는 취객1.

취객2, 맞서지 않고 방어적인 자세를 취한다.

말이 오가는 게 보이지만 들리는 건 시끄러운 마리아치뿐.

주먹을 한 번 더 내지르는 취객1. 그 충격에 취객2 쓰러진다.

취객1, 비틀거리며 자리를 뜬다.

희수, 핸드폰 보는 대니의 손등을 가볍게 친 뒤 창문 쪽으로 고개를 까딱인다.

창밖을 같이 지켜보는 둘.

취객2, 양손으로 바닥을 밀어 힘겹게 일어난다. 침을 두어 번 뱉더니, 취객1을 뒤쫓아 터벅터벅 걷는다.

희수, 창문에 비친 누군가의 모습에 고개 돌리면.

사장이 건성으로 메뉴판과 포스트잇을 내밀고 있다. 희수와 대니를 흘겨보다가 창밖 보는데, 불만이 가시지 않았는지 부엌에 대고 고래고래 소리 지르며 퇴장.

신경 쓰지 마, 고개 흔드는 대니.

솜브레로 그림이 돋보이는 메뉴판. 온통 스페인어지만, 밑에 영어로
도 작게 표기되어 있다.
둘은 손가락으로 메뉴판을 가리키며 소통한다.
대니, 포스트잇에 메뉴를 적는다. 한 장 뜯어서 사장에게 건네고 화
장실로.

창밖을 다시 내다보는 희수.
어느덧 취객 둘은 보이지 않는다.
이곳저곳 두리번거려도, 찾을 수 없다.

목이 터져라 후렴구를 열창하는 중년 남성.
희수는 그런 그를 쏘아보다가, 다른 손님들에게 시선이 간다.
한 테이블에 나란히 앉은 **손님1(20대, 남), 손님2(20대, 여)**. 서로의
귀에 대고 속삭이며 대화하다가, 희수 쪽을 힐끔거리며 웃는다.

눈길을 거두는 희수.
고개를 아래로 떨궈 물잔을 바라본다. 벽에 걸린 스피커가 웅웅댈
때마다 유리잔 안의 물이 미세하게 떨린다. 밑에 가라앉아 있던 얼
음이 서로 부딪히며 떠오른다.
희수, 눈을 질끈 감는다. 마리아치가 커지다가…… 곧 희미해진다.
물을 머금은 듯 선명하지 않은, 둔탁한 소리.

그때, 대니가 어깨를 잡는다.

대니   You okay?

              괜찮아?

희수, 고개를 힘없이 끄덕인다. 자리에 앉는 대니.

핸드폰 메모 앱으로 무언가 빠르게 타이핑하는 희수.
화면을 대니 방향으로 돌려 보여 준다.
화면 C. U.

This may sound strange but this restaurant makes me anxious.
Let's just leave.
(이상하게 들리겠지만 이 식당은 날 불안하게 해. 그냥 나가자.)

당황한 듯한 대니. 그 역시 핸드폰으로 메모 앱을 켜고.

But we just ordered our food.
(하지만 방금 음식 주문했잖아.)

지금 그게 중요해? 어이없다는 표정의 희수.

대니, 눈치 보다가 뒤에 말을 덧붙인다.

What's wrong?

(뭐가 문제야?)

희수, 화면을 빠르게 두드리고 핸드폰 들이민다.

EVERYTHING IS FUCKING WRONG.

(모든 게 존나 문제야.)

신경질적으로 핸드폰을 내려놓는 희수.
대니, 짜증 섞인 얼굴로 어깨를 으쓱한다.

희수, 팔짱 끼고 밖을 바라본다.
취객들의 행적을 눈으로 추적하다 보면, 한 골목길에 다다르게 된다. 창문에 가까이 붙어 있는 희수만 보이는 곳.

그때, 골목길에서 불빛이 번쩍이다가 일순간에 사그라든다. 마리아치를 뚫고 들어오는 파열음.
놀란 희수는 숨죽인 채 밖을 보다가 식당을 둘러본다. 아무도 듣지 못한 모양이다.

핸드폰 화면을 대니에게 보여 주는 희수.

I heard a gunshot.
(나 총소리 들었어.)

복잡한 표정의 대니. 그만해, 라는 말이 입에서 당장이라도 튀어나올 것 같기도.
글을 수정한 다음에 다시 핸드폰을 내미는 희수.

I saw it. I saw the gunshot.
(봤어. 빛 번쩍이는 걸 봤다고.)

대니, 의심쩍은 눈초리로 창밖을 살핀다.
그의 미적지근한 반응에 희수는 펄쩍 뛸 기세.
결국 테이블을 탁, 치고 일어난다.

S#7 식당 밖(저녁)

고함치는 희수를 식당 밖에서 비추는 카메라.
식당 안과 달리, 밖은 고요하다.

핏대를 세우며 소리 지르는 희수가 보이지만, 아무것도 들리지 않는다. 마리아치 소리만 아주 작게.

S#8 식당 안(저녁)

말 끝내고 헐떡이는 희수.
중년 남성이 멋쩍게 헛기침하며 노래를 끄자 식당은 순식간에 조용해진다. 무슨 일인가 싶어 주위를 둘러보는 손님1, 손님2.

타코가 든 바스켓을 희수와 대니의 테이블에 내려놓는 사장.
대니, 무덤덤하게 앉아 있다가.

대니　　(사장에게) Can I have a box, please.
　　　　　포장 용기 좀 주실 수 있나요.

S#9 식당 밖(저녁)

식당을 나가는 희수와 대니.
대니가 포장 용기를 들고 앞장선다.

떠나려는데, 사장이 나와서 희수 부른다.

사장   ¡Oye, muchacha!

                거기, 아가씨!

멈추는 둘.

희수에게 다가가 생수 한 병을 건네는 사장.

사장   (멕시칸 억양이 묻어나는) Water, drink.

                물, 마셔.

사장은 뒤돌아 식당 안으로 들어간다.

희수, 손에 쥔 생수병을 가만히 내려다보다가, 섬광이 일었던 골목
길을 응시한다.

핸드폰으로 현장의 사진을 한 장 찍는다.

S#10 트럭(저녁)

시동 꺼진 트럭에 앉아 있는 희수와 대니.

견인차가 트럭을 끌고 가는 중이다.

대시보드 위 핏불 인형이 눈치도 없이 머리를 신나게 흔든다.

조수석에 앉은 희수가 입을 뗀다.

희수   I'm sorry.

                미안해.

옆을 힐긋 보는 대니.

잠시 말 없다가.

대니   ……I'm sorry too.

                ……나도 미안해.

잠깐의 정적.

희수   (어색한) Music?

                노래 틀까?

대니   Sure.

                그래.

핸드폰으로 노래를 트는 희수.

곧이어 어디선가 경찰차 사이렌 소리가 들린다.

사이드미러를 확인하는 대니.

대니   Do you hear that?

         저 소리 들려?

희수   Yeah, Is it from the song?

         응. 노래에서 나오는 소리인가?

희수, 노래를 곧장 끄지만.

사이렌 소리가 멈추지 않는다. 오히려 커지는 사이렌.

견인차가 커브를 돌자 경찰차 몇 대가 사이렌을 울리며 급히 지나간
다.

트럭 앞 유리에 적색, 청색 경광등이 반사되어 빛난다.

멍한 얼굴의 희수, 대니.

사이렌 소리 작아지면, 아까 희수가 잠깐 틀었던 〈Tears For Fears -
Everybody Wants to Rule the World〉 크게 깔린다.

암전.

이후 검은 화면에 아래의 글이 나타나며 **엔딩**.

In memory of the victims of the Greenwood Park Mall shooting in
Greenwood, Indiana, United States, on July 17, 2022, and all those who
have unjustly lost their lives in this world.
2022년 7월 17일에 발생한 미국 인디애나주 그린우드 파크 몰 총격 사건 피해자
들, 그리고 억울하게 희생된 이 세상의 모든 이들을 추모하며.

4부

빠른 답변 부탁드립니다

❖ 로그라인

시간이 지나야 비로소 해결되는 것들

❖ 주요 등장인물

· 서지윤(29세, 여)

상담교사로 일하다가 최근에 그만두었다. 온라인으로 사람들의 고민
을 들어 주며 용돈벌이하는 중.

· 나예정(54세, 여)

지윤의 친엄마. 항생제 부작용으로 만성 햇빛 알레르기를 앓고 있다.

· 서지아(27세, 남)

지윤의 친동생. 직장인이며, 최근에 독립했다.

❖ 시나리오

S#1 경찰서(오전) / 현재

소란스러운 경찰서.

지윤, 구석에 앉아 있다. 초조해 보이는 모습.

곧이어 지아가 문을 열고 들어온다. 서로 발견하는 둘.

지아   신고했어?

자리에서 일어나며 고개를 끄덕이는 지윤.

마침 **경찰(30대, 여)**이 다가오더니.

경찰   나예정님 자녀분들 맞으시죠?

지아   예, 맞는데요.

경찰   신고는 접수되었으니까 너무 걱정하지 마시고요. 당시
            어머님 인상착의를 아시는 분이 계실까요? 옷차림 같은
            기본적인 정보가 실종자를 찾을 때 큰 도움이 되고 있어
            서요.

지아, 곤란하다는 듯이 지윤을 흘깃.

지윤   (차분하게) 검은 옷이요. 햇빛 알레르기 있어서 항상 긴팔, 긴바지, 검은색으로 입고 다니거든요.

지아   그, 뭐냐. 안내 문자 돌리면 안 되나요? 가끔 핸드폰으로 오던데.

경찰   경보 문자는 18세 미만, 장애인, 치매 환자 등 고위험군에 속하는 분들에 대해서만 실시하고 있어서 어머님은 대상이 아니세요. 저도 어떻게 해 드릴 수가 없는 부분이라…….

그때 **이모(40대 후반, 여)**가 경찰서 문 열고 요란스럽게 등장한다. 허리 숙여 숨을 잠시 고르더니.

이모   (손을 휘저으며) 취소해, 빨리 실종 신고 취소해.

지윤   (놀란) 이모.

지아   내가 불렀어. (이모에게) 근데 왜요?

이모   너희 엄마, 우리 집에 있어. 그러니까 일단 취소해. 다 얘기해 줄게.

지아   네? 그게 무슨 소리예요. (지윤 보며) 누나.

지윤, 이해가 안 되는지 복잡한 표정. 경찰을 보며.

지윤	그렇게 해 주실 수 있나요?
경찰	그럼요. 다행이네요, 찾으셔서.

S#2 경찰서 밖(오전) / 현재

경찰서 밖으로 걸어 나오는 셋. 이모가 앞장선다.

지아	누나, 어떻게 된 일이야?

생각해 보니 약간 화가 나는 듯한 말투로.

지아	나 상사한테 다 말했어. 엄마 실종됐다고, 그래서 경찰서 가야 된다고. 그렇게 해서 겨우 양해 구하고 나왔는데. 아씨, 회사에 소문 싹 다 퍼졌겠네. 이걸 어떻게 설명해야 돼……. 이건 아니잖아, 누나.
지윤	(무시하며) 이모, 잠시만요.

멈춰 서는 이모. 난처한 얼굴로 뒤돌아 지윤을 본다.

지윤	옷도 다 사라지고, 엄마 물건이란 물건은 싹 다 정리했던

데. 원래부터 아무도 없었던 것처럼. 뭐예요, 이유가?

지아   (답답한) 누나.

지윤   (지아에게) 나 제대로 봤어. 자고 일어나니까 모든 게 사라

               지고 없었다고. 내가 얼마나 놀랐는지 알아?

지아   (이모를 보며) 사실이에요?

이모, 쉽사리 입을 열지 못하다가.

이모   그러니까 왜 언니는 말을 안 해서 이런 상황을…….

망설이다가 말을 내뱉는 이모.

이모   그게…… 너희 엄마 떠났어.

지아   네?

이모   어디로 갔는지는 나도 몰라. 그저 떠난다고만 말해 줬어.

               죽는 건 절대 아니니까 경찰에 신고하지 말라고, 그러더라.

지아   (황당한) 아니, 아까 이모 집에 있다면서요.

이모   당장 사실대로 말하면 안 될 것 같았어. 경찰서잖니, 찾으

               려 들면…….

지윤   (말을 끊는) 찾아야죠. 그러는 게 맞잖아요.

이모   지윤아.

잠깐 정적이 흐른다.

이모　　　이건 실종이 아니라, 가출이야.

셋, 서로 바라보지만 아무 말 않는다.
화면 위에 그대로 타이틀.

빠른 답변 부탁드립니다

S#3 주택 옥상(해 질 녘) / 현재

보랏빛 노을을 가만히 응시하는 지윤.
시선을 거두고 핸드폰으로 '엄마'에게 전화를 건다.
끝나지 않는 통화 연결음. 결국 먼저 끊어 버린다.

지윤, 포털 사이트에 '보라색 상징'을 검색한 뒤 상단에 뜨는 블로그
글을 엄지로 눌러 본다.

　　　　보라색은 치유를 뜻하는데요.
　　동시에 죽음을 뜻하기도 한다는 사실, 알고 계셨나요?

지아가 맥주 두 캔을 들고 옥상으로 올라오자, 지윤은 핸드폰을 내려놓으며 한 캔 받아 든다.

둘은 잠시 말없이 늦가을의 도시 풍경을 내려다본다.

교통경찰(40대, 남)이 차로에 서서 경광봉을 열심히 휘두르는 모습.

그의 신호에 차량들은 일제히 멈추고, 출발한다.

말싸움이라도 하듯 오고 가는 교통경찰의 호루라기 소리와 차량들의 경적 소리.

지아　　왜 그랬을까?

지윤　　……글쎄.

지아　　(맥주를 홀짝이며) 나 그래도 엄마 어느 정도 안다고 생각했
　　　　　는데, 아닌가 봐.

지아, 난간 위에 놓인 루피너스 화분을 가리킨다.

지아　　이건 뭐야?

지윤　　몰라? 몇 개월 전부터 있었는데. 독립했다고 딴 사람 다
　　　　　됐구만.

지아　　알려 준 적도 없으면서 뭔……. (팻말을 확인하곤) 루피너스?

지윤　　엄마가 들여온 앤데, 그 많은 것 중에 이것만 놓고 갔어.

나보고 잘 키우고 있으라는 건지, 뭔지.

지아   이것만? (사이) 신기하네.

잠시 정적이 흐른다.

지아   나 그것도 되게 서운해, 이모한테만 말한 거. 자식이 먼저
아니야? 안 그래?

지윤, 대답 없이 도시 풍경을 바라본다.

S#4 거실(낮) / 현재

반투명 커튼이 가볍게 흔들릴 때마다 바닥이 햇살을 받아 번들거린
다.
창문 쪽으로 머리를 하고 소파에 누워 있는 지윤.

소파 앞에는 선풍기 형태의 전기히터가 돌아가는 중이다.
강렬한 주황빛 열기를 내뿜으며 천천히 회전하는 히터. 탁자 위 루
피너스 화분 앞에서 잠시 멈췄다가, 반대 방향으로 다시 회전한다.

벨소리가 울린다. 화면에 뜨는 '3일 후'.

지윤, 짜증 섞인 신음을 내며 꿈틀거리더니.

곧이어 놀란 듯이 벌떡 일어난다.

멈추는 벨소리.

핸드폰을 톡톡 두드리자 잠금화면이 나타난다.

시간은 오후 12시 18분. '매니저'에게 온 부재중 전화가 알림창에.

지윤, 멍하니 두리번거리다가 루피너스를 발견한다.

뒤늦게 히터를 꺼 보지만, 이미 시들시들해진 상태.

지윤   아씨, 큰일 났네.

S#5 지윤 방(낮) / 현재

지윤, 노트북 앞에 털썩 앉는다.

핸드폰을 어깨와 뺨 사이에 대고 키보드를 두드린다.

옆에 루피너스 화분을 두며.

지윤   죄송합니다, 매니저님. 지금 들어갈게요.

전화 끊고 핸드폰을 툭 내려놓는 지윤.

한숨 한 번 크게 쉬고.

고민 상담 사이트에 들어가 형식적인 답변을 남긴다.

무엇을 도와드릴까요?

그런 고민이 있으셨구나. 그럴 때는…….

지윤, 네이버 지식iN 사이트에 접속한다.

답변 없는 질문들을 훑어보다가 하나를 클릭.

견종 관련 질문이요

지인한테 진돗개를 분양받았는데요. 아무래도 진돗개가 아닌 것 같아서요.

저 속은 걸까요? 빠른 답변 부탁해요. 내공냠냠 신고합니다.

첨부된 사진에는 웰시코기로 보이는 개가 혀를 내밀고 해맑게 앉아

있다.

따분해 보이는 표정으로 답변을 빠르게 남기는 지윤.

속으셨습니다. 웰시코기네요. 채택 부탁해요.

고민하다가 글을 덧붙인다.

그래도 사랑으로 키워 주세요.

지윤, 턱을 괴고 노트북 화면을 가만히 본다.

빠르게 스크롤한 다음, 페이지 바꾸기를 반복.

그러다 마우스를 툭 내려놓고 마른세수한다.

핸드폰 들어 카카오톡을 여는 지윤.

지아와의 채팅방에 들어가는데, 대화는 어젯밤 지윤이 보낸 메시지

에서 멈춰 있다.

대화 좀 하자.

지아야, 전화 좀 받아 줘.

지윤, 톡을 하나 더 남긴다.

이제부터 뭘 해야 할지 모르겠어.

잠시 채팅방을 닫지 않는 지윤.

그러나 사라지지 않는 1. 결국 뒤로가기를 누른다.

매니저 프로필을 눌러 채팅방에 들어간 뒤.

그만두겠습니다.

톡 보내고 채팅방 나간다.

지윤, 노트북으로 다시 지식iN 사이트에 들어간다.
이번에는 답변이 아닌 '질문하기'를 클릭.

제목 칸에 '시든 꽃 살리는 법' 입력했다가 백스페이스를 연타한다.
'극복하는 방법'으로 제목을 바꾼다.
타이핑하면서 글을 소리 내어 읽는 지윤.

지윤　　　(중얼거리는) 저랑 가까운 사람이 말도 없이 연락을 끊었어
　　　　　　요. 이미 일어난 일에 그만 연연하고 싶습니다. 어떻게
　　　　　　해야 할까요? 빠른 답변 부탁드립니다.

질문을 게시하자 곧바로 답변이 도착했다고 알림이 뜬다.
확인해 보니.

내공 추가하고 질문하세요.

지윤, 신경질적으로 페이지를 끈다.

지윤　　　그래, 다 필요 없어.

루피너스 화분을 들고 어디론가 향하는 지윤.

S#6 쓰레기통(낮) / 현재

쓰레기통 안에서 위쪽을 바라보는 시점.
발소리가 점차 가까워지더니…… 지윤이 화분을 한 손에 들고 등장한다.
쓰레기통 안을 가만히 내려다보다가, 시선이 다시 루피너스로.

지윤　　　그거 알아? 나 초록색 싫어해. 녹차를 안 좋아하거든.

지윤, 화분을 던져 넣는다.
흙이 쏟아지며 어두워지는 화면.

S#7 지윤의 하루 Montage(낮 → 저녁) / 현재

리드미컬한 음악 깔린다.

현관 도어락 비밀번호를 바꾸는 지윤.

거실을 살펴본다. 벽지가 온통 녹색.

지윤, 벽을 하늘색으로 페인트칠한다.
꼼꼼하게 칠하지 않고 덕지덕지 바르는데.
곧이어 실수로 페인트통을 엎어 버린다.
페인트로 뒤덮인 바닥을 대걸레로 부지런히 닦고…….

페인트 묻은 손으로 가구를 옮기는 지윤.
마음에 안 드는 물건을 상자에 넣는다.
하나둘씩 가득 차는 상자.

S#8 거실(저녁) / 현재

노래의 음량이 줄어들다가, 무음.
지윤, 페인트 덜 닦인 바닥에 누워 천장을 바라본다.
그때 핸드폰 알림이 울린다.
지식iN 답변이 하나 더 추가된 모양.
한번 눌러 보는 지윤. 그러자 보이는 글.

감정을 직접 마주하는 게 도움이 되더라고요.

혹시 당사자에게 오래도록 서운했던 점이 있을까요?

S#9 산(오후) / 과거

예정, 그리고 중학생 정도로 보이는 어린 지윤.
어느 나무 앞에 서 있다.

어린 지윤은 말티즈 한 마리의 사진과 소형 유골함을 땅에 내려놓는다.

어린 지윤   아무 데나 이거 뿌려도 되는 거야? 불법 아니야?

칙칙한 옷차림의 예정이 양산을 쓴 채 사진을 조용히 바라본다.

어린 지윤   (서럽게) 그냥 집에다가 두면 안 돼? 요즘에는 작은 캡슐에
              유골 넣고 그걸 목걸이로 차고 다니기도 한대.

예정   나는 싫어, 그런 거. 죽어서까지 어딘가에 가둬 놓고 싶지
              않아. 갇혀 있고 싶지도 않고. 나도 죽으면 어디 나무에
              뿌려 줘. 사철 늘 푸른 나무 말고, 피고 지는 걸로. 소나무

는 재미없잖아.

어린 지윤, 유골함 뚜껑을 돌려 안의 골분을 땅에 뿌린다.
천천히 일어나서.

어린 지윤   나 어른 돼서 애 안 낳을래. 이것도 이렇게 마음이 아픈데.
예정   이거랑 그거랑 같니? (사이) 그래. 네 인생을 살아. 누군가
를 위해 살지 말고.

새소리가 잔잔하게 들린다.

어린 지윤   우리 여름이, 다음 생엔 바람으로 태어났으면 좋겠다. 지
겹도록 산책 다니게. 엄마는 뭐가 되고 싶어?
예정   다음 생까지 살아야 돼? 지겨워.
어린 지윤   그냥 재미로 골라봐.
예정   그래, 뭐…… 나무?
어린 지윤   엄마는 나무를 진짜 좋아하네.
예정   싫어할 이유가 없잖아. 햇빛 듬뿍 받을 수 있고, 자식은
멀리 날아가서 혼자 잘 크고.

어린 지윤, 망설이다가.

어린 지윤	엄마.
예정	응?
어린 지윤	엄마는 우리 낳은 거, 후회해?
예정	(말 없다가) 후회하지는 않아.
어린 지윤	그러면, 눈 감았다 떴는데 과거로 한…… 스무 살로 돌아갔어. 그래도 똑같이 결혼하고 애 낳을 거야?
예정	아니.
어린 지윤	왜?
예정	내 인생을 살아 보고 싶어서.
어린 지윤	거봐. 후회하는구먼, 뭘 안 한대.
예정	일이날 수 없는 상황에 대한 선택도 후회야? 나는 뭐든 미련 안 가져. 안 그러면 삶이 너무 불행하잖니. 그러니까 너도 지나간 일에 너무 매달리지 마.

S#10 포장마차(저녁) / 하루 전

마주 보고 앉은 지윤, 그리고 지아.

지윤, 잔치국수에 김치를 얹는다.
소주잔을 비우는 지아. 생각에 잠긴 듯 보이더니.

지아	사실 내가 싫었던 걸까?
지윤	(황당한) 뭔 소리야, 갑자기.
지아	엄마 말이야. 나 요즘 바빠서 통 연락 못 했잖아.
지윤	그게 무슨 상관이야. 둘이 제일 친하면서.
지아	그래? 난 엄마가 누나를 가장 좋아하는 것 같은데.
지윤	지랄. 좋아하는데 집을 나가?

어묵 국물을 떠먹는 지아.

지아	엄마 사라지기 전날에 뭐 특별한 일은 없었어?
지윤	특별한 일?
지아	엄마가 평소랑 조금 다르게 행동했다거나.
지윤	아니. 왜?
지아	그냥 궁금해서.
지윤	……솔직히 기억도 안 나. 너무 평범한 날이었나 봐.
지아	둘이 싸운 건 아니지?
지윤	(기분이 좀 나쁜) 아니.
지아	엄마 약은 잘 챙겨 먹고 있었어?
지윤	몰라, 뭘 자꾸 물어봐.
지아	궁금해서 그렇지.
지윤	모른다고. 그리고 너 술 적당히 마셔.

지아, 수저를 내려놓으며.

지아　　또 이러네.

지윤　　뭐?

지아　　아니, 내가 엄마에 대해서 뭐라고 물어보면 맨날 모른다
　　　　고 하잖아. 귀찮다는 듯이.

지윤　　그야 내가 간병인이 아니니까 그러지. 네가 직접 물어보
　　　　면 되잖아.

지아　　(어이없는) 지금 물어볼 수 있는 상황이야?

지윤　　이런 상황 아니어도 너 항상 나한테 물어봐.

지아　　그거는, 직접 물어보면 엄마가 괜히 기분 나빠 할 수도 있
　　　　으니까…….

지윤　　그러니까 결국엔 내가 엄마한테 물어봐야 되는 거잖아.
　　　　엄마가 나한테 기분 나빠 하는 건 괜찮고?

지아　　둘이 같이 사니까 어차피 잘 알 거 아니야, 안 물어봐도.

지윤　　몰라. 잘 모른다고.

지아　　누난 경각심이 없구나. 지금 이틀째 전화도 안 받아. 솔직
　　　　히 말해서 죽었는지 살았는지도 알 수 없는 상황이고. 멀
　　　　쩡한 사람이 그 나이에 갑자기 집 나갈 것 같아?

지윤　　그래서 내 탓이라는 거야, 지금?

지아　　……말이 안 통하네.

지아, 자리를 떠난다.

복잡한 얼굴의 지윤.

S#11 거실(저녁) / 현재

감정을 직접 마주하는 게 도움이 되더라고요.

지식iN 글을 바라보고 있는 지윤.

자리에서 일어난다.

S#12 차로(저녁) / 현재

지윤, 운전대를 잡고 어디론가 향한다.

신호등 앞에서 멈추자 지아와의 채팅창을 확인하는데.

여전히 사라지지 않는 1.

전화를 걸어 봐도 통화연결음만 계속…….

파란불이 되었는데도 움직이지 않는 앞차.

지윤, 차창 열고 고개 내민다.

여기저기서 연이어 울리는 경적. 차들이 정체된 모양이다.

안전띠를 풀고 차에서 내리는 지윤.

앞으로 달려간다.

상황을 살펴보더니, 마치 교통경찰이라도 된 듯이.

지윤   어…… 우선 이쪽이 먼저 빠져야 할 것 같은데요.

조금만 후진해 주세요. 네, 제가 봐 드릴게요.

오라이…… 스탑! 됐습니다.

좋아요. 그쪽 차선은 조금만 기다려 주세요!

지윤을 여러 컷 비추는 카메라.

그의 지휘에 따라 차량들이 하나둘씩 움직인다.

S#13 산책로(해 질 녘) / 몇 개월 전

지윤   엄마!

주변을 두리번거리는 지윤.

도대체 어디 간 거야, 다시 불러 보는데.

지윤   엄마!

걸어가는 여성 몇 명이 지윤을 쳐다본다.

지윤   죄송합니다.

고개 숙이며 대충 얼버무린다.
민망한 듯 빨라지는 지윤의 발걸음.

지윤   지윤이 엄마!

행인들 사이를 비집고 지나가는 지윤.
잠시 숨을 고르며 이마에 맺힌 땀을 닦는다.
안 되겠는지.

지윤   나예정!
예정   (태연하게) 왜?

옆에서 꽃을 구경하고 있는 예정.

지윤   (황당한) 엄마, 왜라니. 화장실 갔다 온 사이에 그렇게 사라

지면 어떡해? 전화도 안 받고, 사람은 많아서 누가 누군
지 도통 모르겠고. 경찰에 신고할 뻔했잖아.

예정   그러니까 내가 평일에 오자고 했지.

지윤   말 돌리지 마.

예정   됐고, 양산 좀 들어 줘 봐. 할 게 있어.

못마땅한 눈빛으로 마지못해 양산을 들어 주는 지윤.
예정, 개화한 보라색 꽃 가리키며.

예정   이 꽃 뭔지 그걸로 검색 좀 해 봐. 그거, 뭐더라.

지윤   스마트렌즈?

예정   어, 그거.

지윤, 핸드폰으로 꽃 사진을 찍는다.
로딩 화면이 잠깐, 이후 결과가 나온다.
꽃의 이름은 '루피너스'.

루핀 또는 층층이부채꽃이라고도 불리는 루피너스의 어원은…….
꽃말은 탐욕, 모성애 등이 있다.

지윤   이름은 루피너스고, 꽃말은 탐욕, 모성애라는데? 뭐 이래.

지윤이 핸드폰을 들여다보는 동안, 모종삽으로 루피너스를 뿌리째 뽑는 예정.

지윤   (뒤늦게 발견하곤) 엄마, 뭐 해?

놀라는 지윤, 두리번거리며 눈치 본다.

지윤   뭐 하려고?
예정   화분에다 심으려고.
지윤   엄마 삽 들고 다니는, 그런 여자야?
예정   그러니까 말 잘 들어.
지윤   그냥 모종을 사면 되잖아.
예정   너 집 나가서 사진은 왜 찍니? 사진관 가서 찍으면 되는데.
지윤   (한숨을 쉬며) 진짜 진상이야.

Cut to

벤치에 앉은 둘.
한 손으로 루피너스를 들고 있는 예정.
지윤은 양산을 예정 쪽으로 기울여 햇볕을 가린다.

지윤	엄마 꿈이 뭐였어?
예정	꿈? 꿈이 있었나. 있었겠지.

예정, 잠시 생각에 빠지는 듯하더니.

예정	다짐은 했었어. 가장 좋은 나이에 떠나겠다고.
지윤	어디로?
예정	자연으로.
지윤	그래……? 나도 같이 갈까?
예정	됐어, 싫어. (사이) 그리고 넌 잃을 게 많잖아.
지윤	엄마는 없어?
예정	누가 그랬잖아, 나이가 들수록 사람이 신중해지는 이유는, 소중한 게 점점 많아져서 그러는 거라고. 잘못하면 잃어버릴까 봐. 근데 나는 아무런 잘못도 없는데 왜 자꾸 사라지는 건지 모르겠어.

예정을 조용히 바라보는 지윤.

지윤	(조심히) 엄마, 연고는 잘 바르고 있지? 지아가 많이 걱정하더라.
예정	몰라. 이제 다 귀찮아. 꽁꽁 싸매고 다니는 것도 그렇고.

지윤   갱년기 오고 더 심해졌다며. 근데 의사 말도 안 듣고, 부
        쩍 이래.

예정   나 아픈 사람 취급하지 마. 너 도움 필요 없어.

지윤   엄마. 나 보기 지긋지긋해서 그러는 거지?

예정   그래, 내 나이가 몇인데 아직도 너랑 살아야 하니.

  지윤, 옅은 미소를 짓는다. 괜히 먼 산 보는 척하는 예정.

예정   나 갑자기 홀연히 사라져 버리면 어떨 것 같니?

지윤   (어리둥절한) 갑자기 왜 물어봐?

예정   궁금해서.

지윤   경찰에 신고하겠지, 뭐 하겠어.

예정   아니, 네 감정 말이야. 네 감정이 어떨 것 같냐고.

지윤   (천천히) 내 감정……? 놀라기도 하고, 미워하기도 하겠지.
        근데 어쩌겠어. 그게 엄마가 원하는 일이라면. 졸혼도 하
        는 마당에 부모 자식 사이라고 뭐가 다를까. 그래도 미리
        알려 주는 게 낫지. 뭐라도 남기거나.

예정   너도 나 보기 지긋지긋하구나.

지윤   티 났어?

  피식— 웃는 둘.

예정   걸을까?

지윤, 끄덕인다.

S#14 차로(저녁) / 현재

이제 모두 떠난 차들. 쓸쓸한 지윤의 뒷모습.
그때, 핸드폰 알림이 울린다.
알림창을 확인해 보면, 지아에게서 온 카카오톡 메시지다.

내일 밥이나 같이 먹을래?

지윤, 고개 들어 신호등 바라본다.
파란불.
한적한 도로에 우두커니 서 있는 지윤.

S#15 쓰레기통 → 거실(아침) / 현재

어두운 화면.

누군가의 발소리가 가까워지고.

카메라를 덮고 있는 흙을 치우자 화면이 밝아진다.

쓰레기통에서 하늘을 바라보는 시점.

지윤, 카메라를 가만히 쳐다보다가 화면을 향해 손을 뻗는다.

삽입곡 〈Ra Ra Riot & Rostam - Water〉 깔린다.

거실 탁자에 루피너스 화분을 내려놓는 지윤.

식물 영양제를 화분에 꽂는다.

시들시들한 루피너스를 바라보다가 현관 쪽으로.

문이 닫히는 소리와 함께 암전, **엔딩**.

해설

소녀들의 무릎은 멍들지 않으며

———

이다희(시인)

소녀들의 무릎은 멍들지 않으며[*]

해설이라니 가당치 않다. 나는 작품으로 들어가 투명하고 통찰력 있는 언어로 의미를 잡아채어 독자에게 전달할 만한 능력이 부족하다. 처음에 해설을 써 달라는 요청을 들었을 때 나는 거절하는 게 맞았다. 그리고 거절할 생각이었다. 더 잘할 수 있는 사람들이 많다는 걸 알기 때문이다. 모른다면 모를까 아는데 내가 무슨 해설을 쓸 수 있을까.

하지만 내가 김구도영의 작품을 읽어 왔다는 건 사실이다. 그리고

....
[*] 이다희 시인의 두 번째 시집에 들어가는 문장과 같다. 우리의 소녀들을 모두 알아차려 주세요.

해설을 써야 할지 말아야 할지 고민하면서도 파일을 열어 읽었다는 것도. 먼저 읽어 본 사람으로서 몇 마디는 할 수 있겠지. 나는 이렇게 읽었어. 당신 눈에도 그게 보여? 이렇게 물을 수 있다. 아무래도 작가의 말을 읽고 용기를 얻은 것 같다. 최근에 이렇게 간단하고 단단한 작가의 말을 읽은 적 있던가. 작가와 나 그리고 당신 우리 셋은 적어도 작은 재미를 찾았으니 잠시 현실에서 열외되는 것도 나쁘지 않겠지.

시나리오를 읽자마자 어떤 이들은 당혹감을 느낄 수 있다. 이 세계는 어딘가 이상하다. 김구도영의 세계에 하나의 큰 축에 대해서 말하자면 어딘가 이상한 세계에 내던져진 인물들의 방황이라고 설명할 수 있다. 인물들은 이상한 세계에 이미 한중간에 있어서 익숙하다는 듯 굴고 있다. 읽는 사람과 같은 당혹감을 느끼지 않는다. 물론 익숙한 것이지 친숙하다고 할 순 없다. 익숙하지만 달갑지 않은 세계에서 그들은 주로 냉소하며 고요한 적의와 환멸을 느낀다. 나는 독서를 잠시 멈춘다. 아, 여기는 이런 곳이군. 이제 알겠어. 각오를 하고 다시 고개를 숙인다.

조금 더 직설적으로 이야기 하자면 기성세대의 강박과 독선 혹은 무능력이 이 이상한 세계를 이루는 압력이다. 소녀들과 소년들은 나름대로 이해하고 협조하기도 하지만 내면은 아슬아슬한 줄타기를 한다. 그렇다면 이 작품들은 성장서사인가?

조그마한 숨통이 트이는 결말에 다다르면 우리는 이것을 성장이라고 적어도 잘 버텼다고 서로의 등을 토닥일 수도 있을 것이다. 하지만 작품들에는 그것만으로는 해결되지 않은 창조적인 이물질들이 부유한다. 어찌할 수 없다는 감각. 혹은 이 세계는 성장의 가능성이 애초에 폐쇄되었다는 감각들이 있다. 세계가 원래 늙어 있기 때문이다. 그 속에서 인물들만 성장할 순 없다. 인물들은 계속 줄타기를 할 뿐이다.

무엇보다 나는 이 창조적 이물질들을 제거하지 않은 것에 놀랐다. 더 깔끔하게, 매끄럽게 할 수도 있었을 것이다. 하지만 그런 방식을 선택했다면 많은 잠재성들은 삭제되었을 것이다. 다시 작가의 말로 돌아가 본다. 김구도영의 재미는 이런 걸 말하는 것이 아닐까. 아주 선명하지만 손에 잡히지 않은 현실을 살아가면서도 이런 잠재성을 놓치지 않는 것. 줄타기를 포기하지 않는 것.

다만 줄타기를 포기하지 않기 위해 어른들이 다소 납작한 모습으로 묘사되었다는 느낌은 들었다. 어떤 세계를 드러내려면 이 정도의 희생은 어쩔 수 없다고 생각해야 할까. 진실과 거짓의 대결 구도에서 진실의 편에 서려면 거짓은 납작해야 할까.

위태로운 줄타기를 드러내기 위해 어른들은 거짓되거나 무기력하다. 이 작품이 생명을 얻어 배우들이 직접 연기하는 모습을 떠올려 본다. 어른 역할을 맡은 배우는 아주 연기를 잘하는 배우여야 할 것이다. 단편적인 모습으로 등장하여도 장면을 메워야 할 테니 말이다.

노래를 끄다니, 그건 불법이야

여러 작품 중에 내 눈길을 가장 오래 잡고 있던 작품은 표제작 「조수석에 앉은 여자」였다. 앞선 언급과는 달리, 이 작품에는 현실에서 잠시 열외될 수 있는 기묘한 세계는 없다. 애인과의 저녁 식사는 모든 게 조금씩 자꾸 어긋난다. 대화는 어딘가 겉돌고 트럭은 고장 나고 구글에서 멀쩡히 영업 중이라던 식당은 도착하니 문이 닫혀 있다. 어찌어찌 도착한 식당은 불편하고 여전히 대화가 이뤄지지 않는다. 이 작품은 대단히 섬세하다. 인물들의 이유 모를 작은 행동들과 시선, 대사는 자연스럽게 작품의 공기를 느끼게 한다. '희수'는 경계인으로서 자신의 불안을 솔직하게 느끼기도 하고 또한 긴장을 풀기도 한다.

예전에 김구도영과 대화를 하며 난 그의 모국어가 영어라는 것을 알았다. 난 그게 쿨하다고 말했던 것 같다. 영어와 한국어를 다 할 줄 안다는 것은 하나의 언어만 하는 사람보다 훨씬 이득이 많은 것이라고 칭찬했다. 김구도영은 내 말을 듣고 그저 조용히 웃었던 것을 기억한다. 난 그 모습을 보며 그의 외로움을 짐작했다. 그래서 남들보다 많은 외로움을 느끼기도 했겠지. 그렇게 짐작하고 넘어갔다.

작가의 이력이 이 작품에 영향을 줬을까? 난 이 작품을 읽는 내내 '희수'의 폭발과 불안에 속절없이 끌렸다. 자기연민으로 가라앉는 대신 그녀는 노래를 듣고 노래를 만들고 싶어 하며 불안하면 화를 낸다. 작가가 외로움을 안다고 이렇게 인물을 섬세하게 조형해 내는 것은 어려운 일이다. 작가의 이력이 이 작품에 영향을 줬다는 말은 그래서 반만 맞는 말이다. 이런 이력을 가졌다고 해서 누구나 다 섬세하게 인물과 공기를 만들어 내는 것은 아니기 때문이다.

그리고 에이든은 어디에 있는 것일까? 희수와 대니의 곤란에 곧 오겠다고 한 우리의 위대한 에이든은 출발하긴 한 것일까, 아니면 오다가 무슨 일이 생긴 건까?

안타까운 일이지만 연인과의 저녁 식사는 쉽게 엉망이 된다. 나의 불안한 예감, 자꾸만 밑으로 가라앉는 기분과 마치 그것과는 관련 없다는 듯 무심하게 구는 연인의 옆얼굴. 나의 이런 사적인 기분과 사회적 참사는 어떻게 연결되고 흩어지는가. 불꽃 소리와 음악 소리와 총소리는 얼마나 다른가. 이 작품은 우리를 이런 질문들과 함께 남겨 두고 끝난다. 나는 제법 착실한 독자라서 명시된 삽입곡을 들으며 이 글을 마무리하고 있다.

시나리오를 읽으면서 나는 김구도영이 지켜 낸 것들을 가늠해 본다.

그중에는 내가 성장하면서 버린 것들도 있다. 나는 그것을 버린 순간들을 기억한다. 한때는 나와 구분되지 않을 만큼 소중했던 것들에 나는 시들해졌다. 버린 사람들은 버린 슬픔까지 버리려고 한다. 기억해서 계속 슬프고 싶지 않기 때문이다. 소략한 이 글을 쓰면서 내가 버린 것을 복기하는 것이 두렵지 않았다. 슬픔이 감당할 만한 수준으로 내 옆에 와서 머문다. 김구도영의 작품을 내 마음대로 가져와서 이렇게 유용하게 쓰고 있다. 독자들도 마음껏 읽으며 아낌없이 사용하길 바란다.

조수석에 앉은 여자

ⓒ 김구도영, 2025

초판 1쇄 발행 2025년 3월 5일
　　2쇄 발행 2025년 3월 20일

지은이　　김구도영
펴낸이　　이기봉
편집　　　좋은땅 편집팀
펴낸곳　　도서출판 좋은땅
주소　　　서울특별시 마포구 양화로12길 26 지월드빌딩 (서교동 395-7)
전화　　　02)374-8616~7
팩스　　　02)374-8614
이메일　　gworldbook@naver.com
홈페이지　www.g-world.co.kr

ISBN　979-11-388-4045-3 (03810)